成长必读百科系列丛书

全彩升级版

励志
哲理故事

李 津◎主编

京华出版社　全国百佳出版社
中央编译出版社
Central Compilation & Translation Press

图书在版编目（CIP）数据

励志哲理故事 / 李津编著 .—北京：北京联合出版公司，2010.11
（2017.7 重印）

ISBN 978-7-80724-995-5

Ⅰ.①励… Ⅱ.①李… Ⅲ.①故事－作品集－世界 Ⅳ.①I114

中国版本图书馆 CIP 数据核字（2010）第 175828 号

励志哲理故事

编　著：李　津
责任编辑：李　征
封面设计：思想工社

北京联合出版公司出版
（北京市西城区德外大街 83 号楼 9 层　100088）
永清县晔盛亚胶印有限公司印刷　新华书店经销
字数 200 千字　710mmx1000mm　1/16　12 印张
2011 年 8 月第 2 版　2017 年 7 月第 2 次印刷
ISBN 978-7-80724-995-5
定　价：49.80 元

前 言

Foreword

　　弗兰克说："有一种自由是无法剥夺的，那就是我们在任何情况下选择自己人生态度的权利，这选择决定了我们的人生。"通过观察，弗兰克断定，是人生态度的差异造成了这种天壤之别。

　　怎样才能具有那种即使在集中营里也能帮助我们生存，并能让我们在生活中得到丰厚回报的人生态度呢？关键在于，一定要经常训练自己，将那些能焕发我们生命力的积极心态和精神持久地巩固强化。

　　我们必须每天都花时间听那些能激励我们的歌；读那些能唤起我们热忱的书；以及结交那些能让我们有所长进的人。通过这种经常持久的强化，我们最终能渐渐把这种成功者的人生态度深深地在心里植根。当我们遇到困难或障碍时，能发自本能，出于习惯地振奋起来，迎接我们的下一个挑战。

　　本书为你精选了一百多个励志哲理故事，分为励志篇和哲理篇。在励志篇，我们精选了世界上那些最伟大的人物最真实的经历，让你知道成功者背后的刻苦与艰辛。看到他们顽强的意志，也许他们失败过许多次，也许他们曾被人们认为是低能，也许他们曾经很胆怯，也许他们遭到过很大的不幸……但最后，他们却成功了。在哲理篇，本书搜集了大量精彩好看且包含丰富哲理的故事，从对自我的认识、梦想与信念、做事与学习、解决问题的方法等多个方面，分别讲述了影响青少年一生成长的哲理故事。本书在让你轻松的阅读中，获得名人智慧的熏陶，通过这些励志哲理故事，以及人生的忠告，定会使你受益良多。

　　一个好的故事，一句真诚的忠告，足以给你最深的启示，影响你的一生。相信本书定会让你找到自己的人生方向，使你更快地迈向快乐、成功的人生之路。

1

第一部分　励志故事

励志哲理故事

励志哲理故事

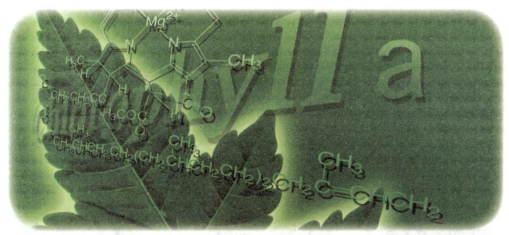

励志哲理故事

励志哲理故事

131

第二部分　哲理故事

励志哲理故事

励志哲理故事

励志故事

Part 1

励志哲理故事

(警句)决定你成功的21条信念

1. 我是最棒的,我一定能成功!
2. 我是一切的根源!
3. 我是我认为的我!
4. 成功是因为态度!
5. 过去不等于未来!失败也因为态度!
6. 人因梦想而伟大!
7. 不是不可能,只是还没找到方法!
8. 成功一定有方法!
9. 成功者找方法,失败者找借口!
10. 命运在自己的手中,不在别人的嘴里!
11. 天助自助者!
12. 你越努力,你的运气就越好!
13. 我要我就能!
14. 决心决定成功!
15. 山不过来,你就过去!
16. 成功就是每天进步一点点!
17. 没有失败,只是暂时没有成功!
18. 只要你不服输,你就永远没有失败!
19. 坚持到底,永不放弃!
20. 人人都能成功!
21. 马上行动!

成功并不像你想象的那么难

1965年，一位韩国学生到剑桥大学主修心理学。在喝下午茶的时候，他常到学校的咖啡厅或茶座听一些成功人士聊天。这些成功人士包括诺贝尔奖获得者，某一些领域的学术权威和一些创造了经济神话的人，这些人幽默风趣，把自己的成功都看得非常自然和顺理成章。时间长了，他发现，在国内时，他被一些成功人士欺骗了。那些人为了让正在创业的人知难而退，普遍把自己的

🐾 英国剑桥大学

创业艰辛夸大了，也就是说，他们在用自己的成功经历吓唬那些还没有取得成功的人。

作为心理系的学生，他认为很有必要对韩国成功人士的心态加以研究。1970年，他把《成功并不像你想象的那么难》作为毕业论文，提交给现代经济心理学的创始人威尔·布雷登教授。布雷登教授读后，大为惊喜，他认为这是个新发现，这种现象虽然在东方甚至在世界各地普遍存在，但此前还没有一个人大胆地提出来并加以研究。惊喜之余，他写信给他的剑桥校友——当时正

🐾 刻苦学习的孩子

坐在韩国政坛第一把交椅上的人——朴正熙。他在信中说，"我不敢说这部著作对你有多大的帮助，但我敢肯定它比你的任何一个政令都能产生震动。"

后来这本书果然伴随着韩国的经济起飞了。这本书鼓舞了许多人，因为他们从一个新的角度告诉人们，成功与"劳其筋骨，饿其体肤"、"三更灯火五更鸡"、"头悬梁，锥刺股"没有必然的联系。只要你对某一事业感兴趣，长久地坚持下去就会成功，因为上帝赋予你的时间和智慧能够让你圆满地做完一件事情。后来，这位青年也获得了成功，他成了韩国泛业汽车公司的总裁。

▓ 韩国前总统朴正熙

【点滴哲理】

人世中的许多事，只要想做都能做到，该克服的困难，也都能克服，用不着什么钢铁般的意志，更用不着什么技巧或谋略。只要一个人还在朴实而饶有兴趣地生活着，他终究会发现，造物主对世事的安排，都是水到渠成的。

别对自己说不可能

当父亲在医院第一眼看到刚出生的儿子时，他的心都碎了——小家伙只有可口可乐罐子那么大，腿是畸形的，而且没有肛门，躺在观察室里奄奄一息。雪上加霜的是，医生断言，这孩子几乎不可能活过24小时！

悲伤的父亲回去给孩子准备好小衣服、小棺材、小墓地后，回到医院发现儿子居然还活着。可医生又接着说了，孩子不可能活过一周；然而小家伙挣扎着，活过了一周，又是一周……孩子顽强地活下来了。父亲将他带回家，取名约翰·库缇斯。

🌱 约翰·库缇斯

小约翰实在太小了，周围的一切对他来说都是庞然大物。胆怯的他对任何比他大的东西都充满恐惧，尤其是家里的狗经常欺负他。然而，家人并未因为他的恐惧而给他多几分关爱。相反，父亲经常对他说："你必须自己面对一切恐惧，勇敢起来！"

时光飞逝，小约翰上学了。当他背着比他个头还大的书包、坐在轮椅上开始憧憬生活时，他压根也没想到迎接自己的却是噩梦。

学校里有很多调皮的学生，个头矮小的约翰几乎成了他们的玩偶。他们掀翻他的轮椅，弄坏他轮椅上的刹车，让他从学校走廊直接"飞"进老师的办公室，甚至把他绑在教室的吊扇上随风扇一起转动。最恶劣的一次是，几个同学用绳子绑住他的手，用胶带封住他的嘴，把他扔进垃圾箱里，随后在垃圾箱外点起了火。滚滚浓烟令约翰窒息，他恐惧极了，瘦小的身体拼命地挣扎，直到一位老师将他解救出来……

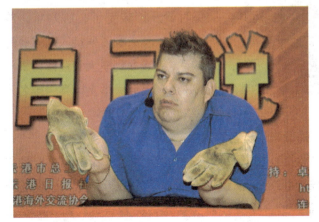

🌱 演说会上的约翰·库缇斯

后来，约翰上了高中。有一次幻灯课上，约翰出去上厕所，可是，他在黑暗中每移动一步，都感到钻心的疼痛。当他来到光亮处，才发现自己的手上扎满了图钉，鲜血直流。

约翰终于无法忍受了。回到家，望着镜中的自己，想着自己一次次被折磨、被侮辱的遭遇，他放声大哭。他想到了自杀，但还是舍不得爱他的双亲……

1987年，17岁的约翰·库缇斯做了腿部的切除手术。因为那两条从来也没派上过用场的畸形的腿像尾巴一样翘起来，行动非常不便。约翰成了"半"个人，但行动却比以前自如。

高中毕业后，约翰决定给自己找个工作。那时候，他已做了腿部的切除手术。每天早晨，他爬在滑板上，敲开一家又一家的店门，问店主是否愿意雇用他。可等人家打开门时，根本就没有发现几乎趴在地上的约翰，就又把门关上了。

约翰·库缇斯在打篮球

经过千百次应聘失败后，约翰终于在一家杂货铺找到自己的第一份工作。后来他又做过销售员、技术工人，还在一个仪表公司拧过螺丝钉。他每天凌晨四点半起床，赶火车到镇上，然后爬上他的滑板，从车站赶到几千米外的工厂。尽管生活艰辛，但是能够自食其力，约翰勇敢而快乐地活着。

约翰有着希腊血统，他浑身上下总是充满竞争和拼搏精神，有着天生的运动员气质。12岁起，约翰开始打室内板球，还喜欢上了举重和轮椅橄榄球。由于手部的长期使用，他的手臂有着惊人的力量。他的命运其实从那时就开始转变了。1994年，约翰·库缇斯成为了澳大利亚残疾人网球赛的冠军；2000年，约翰拿到澳大利亚体育机构的奖学金，并在全国健康举重比赛中排名第二。他用成绩回击了所有的嘲笑和侮辱。

约翰·库缇斯在打乒乓球

一次偶然的公开演讲，给约翰带来了全新的人生。

在一次午餐会上，约翰应邀对自己的经历做简单的演讲。"我一定要把最勇敢的一面呈现给观众！"约翰告诉自己。演讲结束后，他的经历和现状让现场观众热泪盈眶，赢得了热烈的的掌声。一个女生跑到台上，哭着告诉约翰，她非常

🌱 约翰·库缇斯在演讲

不幸，正准备自杀，身上还带着枪，听完他的演讲后，她要好好地活下去。这时，约翰忽然清晰地发现，到讲台上去，讲出自己经历的恐惧和忧伤，讲出自己的挣扎和拼搏，给他人以启迪，真是一件非常重要的事情。他尽自己所能去做自己想做的事情，开车出游、健身、游泳，到世界各地演讲，过着和健全人差不多的生活。

2000年，约翰结婚了，还有一个儿子克莱顿。约翰很爱自己的儿子克莱顿，尽管克莱顿有自闭症、肌肉萎缩症、大脑内膜破损伤、心肌功能障碍等病症，他依然坚持说："我的儿子将来一定会成为最棒的人物！"

如今约翰·库缇斯已经是澳大利亚家喻户晓的人物。回首往事，约翰说道："这个世界充满了伤痛和苦难，有的人在烦恼，有的人在哭泣。面对命运，人应当拥抱痛苦的人生，而不只是与之苦斗。任何苦难都必须勇敢面对，如果赢了，则赢了；如果输了，就是输了。一切都有可能，永远不要说不可能。"

🌱 约翰·库缇斯一家

约翰·库缇斯有句名言：别对自己说不可能。正是因为有了这种信念，他可以开着经过改装的汽车周游世界，可以去潜水，可以大胆地追求自己的爱情，并赢得了幸福和尊敬。"

励志哲理故事

【点滴哲理】

从某种意义上来说，我们人类的历史何尝不是一部将"不可能"化为"可能"的进程？不是吗？在巨轮诞生之前又有几个人相信人类能够在惊涛骇浪中轻松漫步？在航天飞机穿越云海之前，又有几个人相信能够在太空遨游？在网络问世之前，又有几个人相信地球真的能够成为一个小小的村落……然而，一代代人执著地追求，最终将梦想变成了现实。

正确地进行思考

🐾 爱因斯坦

爱因斯坦的成功，首先应归功于他的正确的思考和创造力。

有一次大发明家爱迪生满腹怨气地对爱因斯坦说："每天上我这儿来的年轻人真不少，可没有一个我看得上的。"

"您断定应征者合格或不合格的标准是什么？"爱因斯坦问道。

爱迪生一面把一张写满各种问题的纸条递给爱因斯坦，一面说："谁能回答出这些问题，他才有资格当我的助手。"

"从纽约到芝加哥有多少英里？"爱因斯坦读了一个问题，并且回答说："这需要查一下铁路指南。""不锈钢是用什么做成的？"爱因斯坦读完第二个问题又回答说："这得翻一翻金属学手册。"

🐾 爱迪生

"您说什么，博士？"爱迪生打断了爱因斯坦的话问道。

"看来我不用等您拒绝，"爱因斯坦幽默地说，"就自我宣布落选啦！"

爱因斯坦从自己的切身体验出发，强调不能死记住一大堆东西，而是要能灵活地进行思考。

爱因斯坦认为，正确地进行思考，是追求机会至关重要的条件。

小时候的爱因斯坦一点也看不出来有什么天分，到3

🐾 小时候的爱因斯坦

岁的时候还不会讲话。6岁上学后，在学校里成绩非常差，一上课就是被批评的对象，老师还说他永远也不会有什么大的出息。大家一致认为他是一个天生的笨蛋。

但爱因斯坦在12岁的时候，就已经决定献身于解决"那广袤无际的宇宙"之谜。15岁那一年，由于历史、地理和语言等都没有考及格，也因为他的无礼态度破坏了秩序和纪律，他被学校开除。

爱因斯坦非常重视思考和想象。他说："想象力比知识更重要。因为知识是有限的，而想象力包含世界上的一切，推动着进步，并且是知识进化的源泉。"在16岁时，他喜欢做着自己正骑在一太空旅行，然后时在出发地有一的位置看，它的逝呢？从此，他学远征。他设计白日梦，幻想束光上，做着思考：如果我坐座钟，从我坐时间会怎样流开始了他的科了大量理想实

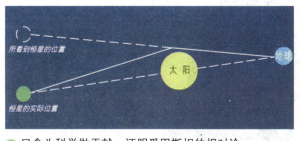
🐾 日食为科学做贡献，证明爱因斯坦的相对论

所看到恒星的位置
太阳
地球
恒星的实际位置

验，提出了"光量子"等模型，为相对论和量子论的建立奠定了基础。

【点滴哲理】

灵活地进行思考对一个人的成功是非常必要的。保持"提出一个问题往往比解决一个问题更重要"的思想，才能不断地提出问题，并在解决这些问题的同时逐渐登上一个个人生的高峰。

励志哲理故事

保留微不足道的勇气

🐾 伯森·汉姆登上纽约的帝国大厦

1983年，伯森·汉姆徒手攀登，登上纽约的帝国大厦，在创造了吉尼斯纪录的同时，也赢得"蜘蛛人"的称号。

美国恐高症康复联席会得知这一消息，致电"蜘蛛人"汉姆，打算聘请他做康复协会的心理顾问，因为在美国有八万多人患有恐高症，他们被这种疾病困扰着，有的甚至不敢站在一把椅子上换一只灯泡。

伯森·汉姆接到聘书，打电话给联席会主席诺曼斯，让他查一查第1042号会员。这位会员很快被查了出来，他的名字叫伯森·汉姆。原来他们要聘做顾问的这位"蜘蛛人"，本身就是一位恐高症患者。

诺曼斯对此大为惊讶。一个站在一楼阳台上都心跳加快的人，竟然能徒手攀上四百多米高的大楼，这确实是个令人费解的谜，他决定亲自去拜访一下伯森·汉姆。

🐾 蜘蛛人

🐾 孩子的勇气

诺曼斯来到费城郊外的伯森住所。这儿正在举行一个庆祝会，十几名记者正围着一位老太太拍照采访。原来伯森·汉姆90岁的曾祖母听说汉姆创造了吉尼斯纪录，特意从一百公里外的葛拉斯堡罗徒步赶来，她想以这一行动，为汉姆的纪录添彩。谁知这一异想天开的想法，无意间竟创造了一个老人徒步百里的世界纪录。

《纽约时报》的一位记者问她，当你打算徒步而来的时候，你是否因年龄关系而动摇过？老太太精神矍铄，说："小伙子，打算一气跑一百公里也许需要勇气，但是走一步路是不需要勇气的，只要你走一步，接着再走一步，然后一步再一步，一百公里也就走完了。"

❀一位攀爬者正努力地向上攀爬

恐高症康复联席会主席诺曼斯站在一旁，一下明白了伯森·汉姆登上帝国大厦的奥秘，原来他有向上攀登一步的勇气。

【点滴哲理】

创造出奇迹的人，凭借的都不是最初的那点勇气，但是只要把最初那点微不足道的勇气保留到底，任何人都会创造奇迹。

励志哲理故事

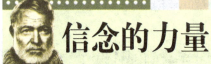

信念的力量

励志哲理故事

　　吉尔·金蒙特对自己的信念改变了她整个生活的方向。1955年，18岁的金蒙特已是全美国最受喜爱、最有名气的年轻滑雪运动员了，她的照片被用作《体育画报》杂志的封面。金蒙特踌躇满志，积极地为参加奥运会预选赛作准备，大家都认为她一定能成功。

　　她当时的生活目标就是获得奥运会金牌。然而，1955年1月，一场悲剧使她的愿望成了泡影。在奥运会预选赛最后一轮比赛中，金蒙特沿着大雪覆盖的罗斯特利山坡开始下滑，没料到，这天的雪道特别滑，刚过几秒钟，便发生了一次意想不到的事故。她先是身子一歪，而后就失去了控制，像匹脱缰的野马，直往下冲。她竭力挣扎着想摆正姿势，可无济于事，一个个的筋斗把她无情地推下山坡。在场的人都睁大眼睛紧张地注视着这一幕，心几乎提到了嗓子眼。

滑雪曾是金蒙特的梦想

　　当她停下来时已昏迷了过去。人们立即把她送往医院抢救，虽然最终保住了性命，但她双肩以下的身体却永久性瘫痪了。金蒙特认识到活着的人只有两种选择：要么奋发向上，要么灰心丧气。她选择了奋发向上，因为她对自己的能力仍然坚信不疑。她千方百计地使自己从失望的痛苦中摆脱出来，去从事一项有益于公众的事业，以建立自己新的生活。几年内，她整日和医院、手术室、理疗和轮椅打交道，病情时好时坏，但她从未放弃过对有意义的生活的不断追求。

　　历尽艰难，她学会了写字、打字、操纵轮椅、用特制汤匙进食。

金蒙特的金牌

她在加州大学洛杉矶分校选听了几门课程，想今后当一名教师。

想当教师，这可真有点不可思议，因为她既不会走路，又没受过师范训练。她向教育学院提出申请，但系主任、学校顾问和保健医生都认为她不适宜当教师。录用教师的标准之一是要能上下楼梯走到教室，可她做不到。

此时，金蒙特的信念就是要成为一名教师，任何困难都不能动摇她的决心。

1963年，她终于被华盛顿大学教育学院聘用。

🌼 不幸使金蒙特只能坐在轮椅上

由于教学有方，很快受到了学生们的尊敬和爱戴。她教那些对学习不感兴趣、上课心不在焉的学生也很有办法。她向青年教师传授经验说："这些学生也有感兴趣的东西，只不过和大多数人的不一样罢了。"

🌼 金蒙特实现梦想

金蒙特终于获得了教授阅读课的聘任书。她酷爱自己的工作，学生们也喜欢她，师生间互相帮助、互相进步。

后来，她父亲去世了，全家不得不搬到曾拒绝她当教师的加利福尼亚州去。

她向洛杉矶学校官员提出申请，可他们听说她是个"瘸子"就一口回绝了。金蒙特不是一个轻易就放弃努力的人，她决定向洛杉矶地区的90个教学区逐一申请。在申请到第18所学校时，已有3所学校表示愿意聘用她。学校对她要走的一些坡道进行了改造，以适于她的轮椅通行，这样，从家里坐轮椅到学校教书就不成问题了。另外，学校还破除了教师一定要站着授课的规定。

从此以后，她一直从事教师职业。暑假里她访问了印第安人的居民区，给那里的孩子补课。

从1955年到现在，很多年过去了，金蒙特从未得过奥运会的金牌，但她的确得了一块金牌，那是为了表彰她的教学成绩而授予她的。

【点滴哲理】

一个人只要心中有了成功的信念，那就没有什么事情是做不成的。

励志哲理故事

在逆境中进取

🌿 美国小说家杰克·伦敦

杰克·伦敦的童年生活充满了贫困与艰难，他像发了疯一样整天跟着一群恶棍在旧金山海湾附近游荡。说起学校，他不屑一顾，并把大部分的时间都花在偷盗等勾当上。不过有一天，当他漫不经心地走进一家公共图书馆内开始阅读名著《鲁滨逊漂流记》时，他看得入神了，并受到了深深的感动。在看这本书时，饥肠辘辘的他，竟然舍不得中途停下来回家吃饭。第二天，他又跑到图书馆去看别的书。一个新的世界展现在他的面前——一个如同《天方夜谭》中描写的像巴格达一样奇异美妙的世界。从这以后，一种酷爱读书的情绪便不可抑制地左右了他。他一天中读书的时间往往达到10～15小时，从尼克卡特到莎士比亚，从赫伯特·斯宾塞到马克思等人的所有著作，他都如饥似渴地读着。当他19岁时，他决定停止以前的靠体力劳动吃饭的生涯，改成利用脑力谋生。他厌倦了流浪的生活，他不愿再挨警察无情的拳脚，他也不甘心让铁路的工头用灯揍自己的脑袋。

于是，就在19岁时，他进入加州的奥克兰德中学。

他不分昼夜地用功，从来就没有好好地睡过一觉。天道酬勤，他也因此有了显著的进步，他只用了三个月的时间就把四年的课程念完了，通过考试后，他进入了加州大学。

他渴望成为一名伟大的作家，在这一雄心的驱使下，他一遍又一遍地读《金银岛》、《基督山恩仇记》、《双城记》等书，随后就拼命地写作。他每天写5000字，这也就是说，他可以用20天的时间完成一部长篇小说。他有时会一口气给编辑们寄去30篇小说，但它们统统被退了回来。

后来，有一天他写了一篇小说，题

目是《海岸外的飓风》，这篇小说获得了《旧金山呼声》杂志所举办的征文比赛一等奖。但是他只得到了20元的稿费。他贫困至极，甚至付不起房租。那是1896年——令人兴奋和激动不已的一年，人们在加拿大西北部的柯劳代克发现了金矿。

🐾 杰克·伦敦也曾梦想找到黄金

电报把这消息传到美洲，全美洲都震惊了。工人们立刻离开了他们的工厂，士兵们逃出了军营，农夫们放弃了田地，商人们关门歇业，淘金者像蝗虫一样，成群结队地拥向柯劳代克，去寻找他们梦想的黄金。

杰克·伦敦也跟随着他们，他耗费了一年时间，拼了命似的在柯劳代克挖掘金子。他忍受着一切难以想象的痛苦。鸡蛋每个要2毛5分钱，黄油也卖到3块钱一磅。在气温达到华氏零下74度时，他还睡在地上，最后他回到美国时，仍然囊中空空。

🐾 杰克·伦敦擦洗地板赚钱

只要能糊口，任何工作他都肯干。他曾在饭店中刷洗盘子，他擦洗过地板，他也在码头、工厂里干过。

有一天，他饥肠辘辘，身边只剩下了两块钱。他决定放弃卖苦力的劳苦工作，而献身于文学事业。这是1898年的事。5年后的1903年，他有6部书及125篇短篇小说问世。他成了美国文艺界最为知名的人物之一。

【点滴哲理】

当面临逆境时，我们唯一应做的事情就是永不屈服。

要知道：唯有自己才是你的命运的主人。所以，如果你要在事业上有所成就的话，请一定不要忘了这句话——永不放弃！

永远鼓舞自己

👣 理查·派迪在赛车

理查·派迪是运动史上赢得奖金最多的赛车选手。当他第一次赛完车回来向他母亲报告赛车的结果时的情景对他此后的成功影响很大。

"妈！"他冲进家门叫道，"有35辆车参加比赛，我跑第二。"

"你输了！"他母亲回答道。

"但，妈！"他抗议道，"您不认为我第一次就跑个第二是很好的事吗？特别是这么多辆车参加比赛。"

"理查！"她严厉道，"你用不着跑在任何人后面！"

接下来的20年中，理查·派迪称霸赛车界。他的许多项纪录到今天还保持着，没被打破。他从未忘记他母亲的教诲——"理查，你用不着跑在任何人后面！"

是的，"你用不着跑在任何人后面！"一旦你从内心决定要得第一，那么你就会获得更大的动力。

【点滴哲理】

在生活中你敢不敢说"我是第一"？这个问题的回答并不困难。如果你是个渴望成功的人，并且意识到以个性为中心是成功的基础的人，请回答："当然，我就是第一。"如果想保持一点谦虚的绅士风度，你也可以回答："不是第一。"但要不失时机地补上一句："是并列第一"。为什么一定要是第一呢？因为你本来就是第一。至少，你要在意识中播种争第一的信心，这样，你的个性才会真正成熟起来。记住！生活需要个性。

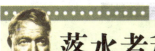

落水者和负重者

拿破仑年轻的时候，一次到郊外打猎，突然听见有人喊救命，他快步走到河边一看，见一男子正在水中挣扎。

🐾 拿破仑

这河并不宽，拿破仑端起猎枪，对准落水者，大声喊道："你若再不自己游上来，我就把你打死在水里！"那人见求救已无用，反而更添一层危险，便只好奋力自救，终于游上岸来。

🐾 负重者应受人尊重

拿破仑当了皇帝后，一天清晨，在花园中散步，迎面被身负重物的士兵挡住去路。这时宫廷女卫士长忙喝令士兵赶快给大皇帝让路，拿破仑却忙阻止说："夫人，请尊重负重者。"并给负重士兵让开了一条道。

拿破仑拿枪逼迫落水者自救，是想告诉他，自己的生命本应该是自己负责的，唯有负责的生命才是真正有救的生命。"请尊重负重者"，在拿破仑看来，地位的高下是不重要的，重要的是生命肩头的分量。

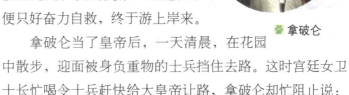
🐾 对自己负责，努力地生活

【点滴哲理】

假如我们正处在一个不利的位置，那么请丢掉幻想，自己解救自己吧。即使我们最终没能到达彼岸，但只要我们努力了，只要是负重前行，就会受到尊重的。

等待自己开花的季节

英国少年艾金森，因为长得憨头憨脑，加上行为举止笨拙而幼稚，成了同学们戏谑的对象，甚至老师都不愿意给他上课。有位教诗歌欣赏课的老师哀求他改选别的课。虽然艾金森是个按时交作业的好学生，但他朗诵作品时滑稽的表情总是让同学们捧腹大笑，每堂课都会被他搅成一锅粥，令老师无法继续讲课。而给了他35分的历史老师则说："他没有半点历史感，当然，他什么感也没有。"艾金森的父亲更是认定了他的脑子有问题，不是白痴就是智障，甚至从不跟他说话。

🐾 罗文·艾金森

走向社会的艾金森因为那张憨态十足的脸和笨拙而幼稚的举止找不到工作。极度自卑的艾金森四处碰壁，苦恼至极，于是他整天消极地躲在房间里喝闷酒。

只有艾金森的母亲认为他是优秀的。艾金森的母亲是个花匠，她将儿子带到她的花园里，指着各种各样的花草说："每种花都有开放的机会，那些还没有开放的只是未到季节。人也一样，每个人都有成功的机会，只是还没有遇到适合你的时机。但是，花草在还没有遇到适合自己开放的季节时，需要吸收养分和阳光，储蓄足够能量等待属于自己的季节来临。所以，经历更多的挫折，积累更多的人生智慧，等

🐾 艾金森饰演的憨豆先生

属于你的季节一到，你自然会绽放出美丽的人生之花。"

艾金森从母亲对自己充满信心的目光中站了起来。尽管后来好长一段日子里，找工作依然碰壁，但他没有气馁。他牢牢地记住了母亲的话：不是他无能，只是适合他的季节还没有来。

🐾 憨豆先生

　　直到英国《9点新闻》剧组的导演看了艾金森的表演后，情不自禁地笑起来，艾金森才知道，自己被录取了。他饰演的憨豆先生有一点笨拙、有一点幼稚、有一点单向思维（脑筋不转弯）、有一点腼腆，深受观众喜爱，于是他在英国迅速走红。

　　如今，憨豆先生傻乎乎地飞往全世界，这个穿戴整齐，但是头脑简单，常常闯了祸就落荒而逃的家伙，以《憨豆先生》大闹好莱坞，进军洛杉矶，进行他擅长的"捣烂工程"。该片票房在欧洲已突破1亿美元，在美国公开放映时，也是好评如潮。

憨豆先生

　　2003年，他主演的喜剧间谍片《憨豆特派员》开始公映，他在里面扮演一个懦弱无能的"憨豆"间谍。据报评，这是一部Q版（搞笑）《007》，整部影片共耗时14周完成。该片的特技场面都要亲自尝试：跳伞和飞机驾驶等。艾金森说："我不只为证明自己能亲自表演飞车，但有一场戏太危险了，人必须吊在高耸的屋顶上走动。好在我有一个很棒的vangd替身劳伯·英奇，后来劳伯跟我说他被吓得半死，我当时想：连你都吓得半死，打死我都不会亲自上阵。"如今，艾金森终于等到自己开花的季节。

憨豆先生

【点滴哲理】

　　成就可以更大，但你必须敢于梦想。当然，实现梦想的过程必定艰辛万分，因此你必须保持一种愉快的态度，用轻松的心情面对挑战，这样，你就能等到自己开花的季节。

励志哲理故事

不能自控的人与成功无缘

一天，拿破仑·希尔和办公室大楼的管理员发生了一场误会。这场误会导致了他们两人之间彼此憎恨，甚至演变成激烈的敌对状态。这位管理员为了显示他对拿破仑·希尔不满，就把大楼的电灯全部关掉。这种情形一连发生了几次。有一天，拿破仑·希尔要准备一篇预备在第二天晚上发表的演讲稿，当他刚刚在书桌旁坐下时，电灯熄灭了。

拿破仑·希尔立刻跳起来，奔向大楼地下室，他知道可以在那儿找到这位管理员。当拿破仑·希尔到那儿时，发现管理员正在忙着把煤炭一铲一铲地送进锅炉内，同时一面吹着口

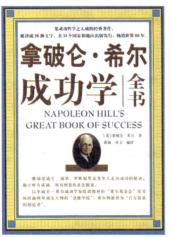
🐾 拿破仑·希尔

哨，仿佛什么事都未发生似的。

拿破仑·希尔立刻对他破口大骂。一连5分钟之久，他都以管理员正在照顾的那个锅炉内的火更热辣的词句对他痛骂。最后，拿破仑·希尔实在想不出什么骂人的词句了，只好放慢了速度。这时候，管理员直起身子，转过头来，脸上露出开朗的微笑，并以一种充满镇静与自制的柔和声调说道："你今天早上有点儿激动吧，不是吗？"他的话就像一把锐利的短剑，一下子刺进了拿破仑·希尔的身体。拿破仑·希尔的良心受到谴责。他知道，他不仅被打败了，而且更糟糕的是，他是主动的，又一次错误的一方，这一切只会增加他的羞辱。

拿破仑·希尔知道，自己必须向那个人道歉，内心才能平静。最后，他花费了很长时间下定决心，决定再次回到地下室，去忍受必须忍受的这个羞辱。

拿破仑·希尔来到地下室后，把那位管理员叫到门边。管理员以平静、温和的声调问道："你这次想干什么？"拿破仑·希尔告诉他："我是回来为我的行为道歉的——如果你愿意接受的话。"管理员的脸上露出了微笑，他说："凭着

拿破仑·希尔的成功学著作

上帝的爱心，你用不着向我道歉。除了这四堵墙壁，以及你和我之外，并没有人听见你刚才所说的话。我不会把它说出去的，我知道你也不会说出去的，因此，我们不如把此事忘了吧。"

这段话对拿破仑·希尔所造成的伤害更甚于他第一次所说的话，因为他不仅表示愿意原谅拿破仑·希尔，实际上更愿意协助拿破仑·希尔隐瞒此事，不把它宣扬出去，不对拿破仑·希尔造成伤害。

拿破仑·希尔向他走过去，抓住他的手，使劲地握着。拿破仑·希尔不仅是用手和他握手，更是用心和他握手，在走回办公室的途中。拿破仑·希尔感到心情十分愉快，因为他终于鼓起勇气，为自己做错的事道了谦。

此后，拿破仑·希尔下定了决心，以后绝不再失去自制。因为一个人失去自制之后，另一个人——不管是一名目不识丁的管理员，还是有教养的绅士都能轻易地将自己打败。

在下定这个决心之后，拿破仑·希尔身上立刻发生了显著的变化，他的笔开始发挥出更大的力量，他所说的话

■ 拿破仑·希尔从事成功人士的研究并进行深入的研究，完成了划时代意义的八卷本《成功规律》

更具分量。他结交了更多的朋友，敌人也相对减少了很多。这件事成为拿破仑·希尔一生当中最重要的一个转折点。拿破仑·希尔说："这件事教育了我，一个人除非先控制了自己，否则他将无法控制别人。它也使我明白了这两句话的真正意义："上帝要毁灭一个人，必先使他疯狂。"

【点滴哲理】

一个随意让情绪"喷"出来而不能自控的人，一定是与成功无缘的人，因为缺乏自制和忍受的性格，让自己的生活变得极为糟糕。这是从一个十分普通的事件中发现的。这项发现使拿破仑·希尔获得了一生当中最重要的一次教训。

励志大师挂在嘴边的10句话

这10句话是对来自3000多本励志书籍和3000多个成功学培训网站中大量激励警句的再提炼。

1.今天，我开始新的生活！

呵呵，太阳每天都是新的！当每天早上天一亮，我们起床的时候，拉开窗帘，太阳照进我们的屋子，给我们温暖，给我们光明，这是多么得美好啊！过去了的已经过去，明天还没有到来，我们唯一能够把握的就是今天，就是现在！其实，我们每一个人来到世上，走进自己熟悉或陌生的行业，开始我们的工作，不就是开始了我们新的历程、新的生活吗？

2.我是最棒的！

呵呵，我们每一个人天生就是一个冠军！难道不是吗？在我们来到这个世间还在母亲腹中的时候，我们奋勇当先，打败了所有的对手，成为唯一的胜利者！但是，后来我们为什么就不是第一了呢？因为我们听到了太多负面的东西，我们的父母、亲戚、老师等总是对我们说什么："你是个不听话的孩子！""你没有出息！""你不如××"等，其实那都不是真实的，真实的就是，我是最棒的！我有足够的信心！拥有自信，就一定会拥有美好的人生！反之，如果我们自己对自己都没有信心，那天底下还有谁会对我们有信心呢？

3.成功一定有方法！

经常可以听到那些成功的人说："成功者总是千方百计想办法！""方法总是比问题要多得多！""失败者总是千方百计找借口、找理由！""没有任何借口！"我们在人生的道路上看到的那些成功的人，他们无不是寻找办法的高手。同

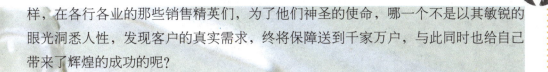

样，在各行各业的那些销售精英们，为了他们神圣的使命，哪一个不是以其敏锐的眼光洞悉人性，发现客户的真实需求，终将保障送到千家万户，与此同时也给自己带来了辉煌的成功的呢？

4.每天进步一点点！

马克思主义哲学在辩证法的质量互变的原理中清楚地阐述了通过量变逐步转化为质变的道理。我们很多的人往往过高地估计了1年的成果，而恰恰过低地估计了7年的成果。如果我们走进一个新的行业，如果我们真的能够在这个行业里锲而不舍地钻研7年，不成专家才怪！

5.我微笑面对全世界！

记得在20世纪80年代，有一首歌很流行，这首歌的歌名就叫做《笑比哭好》。呵呵，哈……笑总比哭要好。在全球酒店业堪称老大的喜来登酒店，百年来的制胜法宝竟然是一句员工必须做到的简单店规，即"见到客人先微笑，然后礼貌地点个头"，可见笑在销售、服务当中的重要地位。尊重他人、笑脸相迎、微笑待人等，这是在任何时候与任何人交往都不可缺少的重要准则。

6.人人都是我的贵人！

在《百万富翁的智慧》这本书中，用很多的调查数据说明，许多的百万富翁之所以能够白手起家，最终成为成功的百万富翁，其中一个重要的原因就是他们都热衷于广交朋友。这些朋友后来都成了他们的合作伙伴、供货商或者忠实的客户。贵人不在天边，而在我们自己的身边，我们的同学、同事、亲戚、朋友以及同学的同学、同事的同事、亲戚的亲戚、朋友的朋友。要知道，客户就在我们的身边，人人都有可能成为我们的准客户，通过交往，这些准客户逐步都会成为我们忠实的朋友、忠实的客户。

7.我是全世界最好的推销员！

现实中不仅是业务员、推销人员每天在推销各种有形的或无形的产品和服务。其实我们每个人，无论年纪多大、无论读书还是工作、也无论是否从事推销工作，我们无时无刻都在不停地推销自己！我们都希望被他人认可、接受、褒奖等。我们保险人销售的保险产品属于无形的服务，很多的人并不能像接受有形产品那样欣然接受你的推荐和建议！我们的推销具有更高的挑战性。所以，要像老业务员所说的那样，推销产品之前先推销自己，只要把自己给推销出去了，就没有推销不出去的产品。

8.我热爱我的事业！

俗话说"热爱是最好的老师！"我们只有热爱自己的国家、热爱自己的职业、热爱自己的公司、热爱自己的工作，才有可能将这个事业做好。像我们保险人，工作具有巨大的挑战性，每天打电话或去见客户，都要遭到大量的拒绝，我们是把拒绝当做自己的必修课乐此不疲还是当做苦差不堪忍受？很难想象，一个业务员每天都觉得做保险是在面对着自己非常痛苦的事情，那他怎么会成功？

9.我要立即行动！

伟大的思想家、理论家恩格斯曾经说过"一打纲领，不如一个实际的行动"，在教室里从来都不可能培养出企业家、精英。要想将梦想变成现实，唯一的办法就是去实践，一个字"干"！著名的保险精英林裕盛说过："宁可白干，不可不干。"我通过马克思主义哲学的教学，从辩证法的角度也对年轻的同志反复说："你们这个年纪，干什么都是对的！干对了是对的，干错了也是对的！只有不干才是最大最大的错！"梦想永远都不会自动变成现实，唯一的途径就是实践，就是立即去行动、去干、且不能有任何的犹豫和拖延！

10.我要坚持到底，绝不放弃！

著名的成功学演讲家陈安之在他激情四射的演讲中说："成功者永不放弃，放弃者永不成功！""没有失败，只有放弃！""没有失败，只是暂时停止成功！"我还非常喜爱在第二次世界大战时英国首相丘吉尔先生的一段非常有震撼力的话，这就是：同胞们、先生们、女士们：面对凶恶的德国法西斯，我们从来都没有说过胜利是容易的，但是，我们绝对、绝对、绝对不会放弃战斗！借用这个格式，我们是不是也可以这样说，在激烈的市场竞争中，我们从来都没有说过成功是容易的，但是我们绝对、绝对、绝对不会放弃努力！

激励自己的14种方法

1. 离开舒适区。

   舒适区只是避风港，不是安乐窝。它是你准备迎接下次挑战之前刻意放松自己和恢复元气的地方。

2. 把握好情绪。

   人开心时体内会发生奇妙的变化，从而获得阵阵新的动力和力量。因此，找出自身情绪高涨期，不断激励自己。

3. 调高目标。

   如果你的主要目标不能激发你的想象力，目标的实现就会遥遥无期。因此，要确立既宏伟又具体的远大目标。

4. 加强紧迫感。

   沉溺生活的人没有死的恐惧，大多数人无意识地认为自己的生命会绵延不绝，只有心血来潮时才会筹划大事业。其实，直面死亡未必要等到生命耗尽的那一刻。如果能把每一天当做末日来过，会产生一种再生的感觉，这是塑造自我的第一步。

5. 善交朋友。

   你所交往的人会改变你的生活。结交那些希望你快乐和成功的人，你就在追求快乐和成功的路上迈出了最重要的一步。对生活的热情具有感染力，因此同乐观的人为伴能让我们看到更多的人生希望。

6. 迎接恐惧。

   战胜恐惧后会增强你对创造自己生活能力的信心。如果一味地想避开恐惧，它们会像疯狗一样对我们穷追不舍。

7. 做好调整计划。

   事先计划出你放松、调整、恢复元气的时间，即使你

励志哲理故事

现在感觉不错，也要做好调整计划。在事业波峰时，要让自己隐退一下，只有这样，在你重新投入工作时才能更富激情。

8.直面困难。

困难对于脑力运动者来说，不过是一场艰辛的比赛。如果学会把握困难带来的机遇，你自然会动力陡生。

9.立足现在。

不要沉浸在过去，也不要耽溺于未来，要着眼于今天。要有梦想、筹划和制订创造目标的时间。不过，一定要学会脚踏实地、注重眼前的行动。要把整个生命凝聚在此时此刻。

10.敢于竞争。

无论你多么出色，总会人外有人，所以要学会谦虚。不管在哪里都要参与竞争，而且总要满怀快乐的心情。要明白最终超越别人远没有超越自己更重要。

11.内省。

不要从别人身上找寻自己，应该经常自省并塑造自我。

12.精工细笔。

把自己当做一幅画来描绘，从细微处做改变。总之，无论你有多么小的变化，点点都于你很重要。

13.不要害怕拒绝。

要积极面对别人的拒绝。你的要求落空时，把它当做一个问题，让这种拒绝激励你更大的创造力。

14.尽量放松。

接受挑战后，要尽量放松。自己能做的事，不必祈求上天赐予你勇气，放松可以产生迎接挑战的勇气。

执著的胸怀

法拉第由一个装订工成为了不起的大科学家，关键在于他能到当时誉满欧洲的化学家戴维的实验室工作。这样好的条件、机遇是天下掉下来的吗？不，完全是靠他自己创造的！法拉第在当装订书报的工人时，听了戴维的报告之后，把所有的报告整理誊清，装上羊皮封皮，一次次邮给戴维。戴维大为感动，请法拉第来面谈。法拉第很想在戴维的实验室找份工作，戴维却拒绝了，说：“你年纪也不小了，什么教育也没受过，

🐾法拉第

还是回到装订车间去吧！”这无异于给法拉第当头泼了一瓢冷水。若是一般人，被人拒绝到这般地步，还有什么可说呢，法拉第则不然，一计不成又生一计。他向戴维请求：“不能收我当实验员，就让我当勤杂工吧！”就这样，法拉第自己给自己创造了机遇，一步一步，终于当了实验室助手，并因此才有了一系列的创造发明，被后人尊称为“电学之父”，最终的成就还超过了戴维！

🌼化学家戴维

【点滴哲理】

　　试着降低你的物质目标以及事业“野心”，做一个能够忍辱负重的人，常常能给自己创造更多的机会。

莫因幸运固步自封,莫因厄运一蹶不振

他5岁时就失去了父亲,14岁时便辍学开始了流浪生涯。他在农场干过杂活,当过电车售票员,但都很不开心。16岁时他谎报年龄参了军,但军旅生活也并不顺心。服役期满后,他开了个铁匠铺,但不久就倒闭了。随后,他在南方铁路公司当上了一名机车司炉工。对这份工作,他很喜欢,因此,他以为终于找到了属于自己的位置。18岁时他结了婚,在得知太太怀孕的同一天,他却接到了被解雇的通知。后来有一天,当他在外面四处奔波,忙着找工作时,他的太太卖掉了他们所有的财产,从此没了踪影。

随后,大萧条就开始了,他却并没有

哈兰德·山德士

因总是失败而放弃,并一直努力寻找出人头地的机会。他通过函授学习法律,但后来因生计所迫,不得不放弃。他卖过保险,也卖过轮胎。他经营过一艘渡船,还开过一家加油站。但最后这些都失败了。有人对他说:认命吧,你永远也成功不了。

有一天,他一个人躲在郊外的草丛中,谋划着一次绑架行动。尽管一直以来他的日子过得一塌糊涂,可在此之前他从没动过绑架这一危险的念头。然而,当他等待的目标进入他的攻击范围时,他开始深深地痛恨自己。最后,绑架行动失败,因为他还是没能突破自己良心上的底线。

后来,他成了一家餐馆的主厨。但不久,一条新修的公路刚好穿过那家餐馆,他无奈地又一次失业了。在他的事业还没有发展起来的时候,他就到了退休的年龄。时光飞逝,眼看一辈子都过去了,而他仍是一无所有。他不是第一个,也不是最后一个到了晚年还无以为荣的人。也许幸福鸟,或随便什么鸟,总是在不可企及的地方拍打着翅膀。他一直安分守己,除了

哈兰德·山德士

那次未遂的绑架，他只是想从离家出走的太太那儿夺回自己的女儿。不过，母女俩后来回到了他的身边。

肯德基食品

要不是有一天邮递员送来了属于他的第一份社会保险支票，他还不会意识到自己老了。这份保险支票就好像在对他说，一辈子当中，轮到你击球时你都没能打中，现在，不用再打了，该是放弃、退休的时候了。这一张退休金支票，就像在不断地对他说："你老了！老了！……"那天，他身上的某种东西被激发，他又一次觉醒了。他用那张105美元的支票，开创了自己崭新的事业。而后，他的事业欣欣向荣。而他也终于在八十多岁高龄时大获成功。

这个在晚年开始走向辉煌的人就是哈兰德·山德士，肯德基的创始人。他用他那一笔社会保险金创办的崭新事业正是闻名于世的肯德基快餐。

【点滴哲理】

真正的成功者总是善于从黑暗中找到光明，在逆境中找到力量，并发现成功的契机。逆境能打败弱者，也能创造强者。天无绝人之路，奇迹多是在历经磨难和挫折后赐予那些勇敢者的最大奖赏。

励志哲理故事

不要忽视自己的权利

20世纪初，有个爱尔兰家庭要移民美洲。他们非常穷困，于是辛苦工作，省吃俭用3年多，终于存钱买了去美洲的船票。当他们被带到甲板下睡觉的地方时，全家人以为整个旅程中他们都得待在甲板下，而他也确实是这么做的，仅吃着自己带上船的少量的饼干充饥。

过了一天又一天，他们以充满嫉妒的眼光看着头等舱的旅客在甲板上吃着奢华的大餐。最后，当船快要停靠爱丽丝岛的时候，这家的其中一个小孩生病了，做父亲的去找服务人员并且说："先生，求求你，能不能赏我一些剩菜剩饭，好给我的小孩吃？"

奢华的大餐

服务人员回答说："为什么这么问，这些餐点你们也可以吃啊。"

"是吗？"这人回答说，"你的意思是说，整个航程里我们都可以吃得很好？"

"当然！"服务人员以惊讶的口吻说："在整个航程里，这些餐点也供应给你和你的家人，你的船票只是决定你睡觉的地方，并没有决定你的用餐地点。"

饼干

【点滴哲理】

很多人也有相同的状况，他们以为他们"被带去看"的地方就是他们一辈子必须呆的地方，他们不明白，他们可以和其他人一样，享受许多同样的权利。成功是要寻访、要共享、要想办法接近的。永远都不要忽视了自己的权利，在试图"控制命运"的时候，尤其如此！

1885次被拒绝

励志哲理故事

史泰龙的父亲弗兰克·史泰龙是发型师，母亲杰奎琳·史泰龙是合唱团歌手。他童年时被寄养在别人家里，寂寞的日子里他靠看漫画书来打发时间，为了模仿书中的英雄，淘气的他共断掉过11根骨头，还有先后被14所学校开出的记录，最终他选择了瑞士的美国学院，学习表演。他在学生时代创作的《推销员之死》中的表演大获好评，这使他意识到表演是他一生的追求。

✿ 希尔维斯特·史泰龙

史泰龙回到美国之后进入了迈阿密大学戏剧系。但

✿ 希尔维斯特·史泰龙在电影《第一滴血》中饰演的兰博一角

✿ 希尔维斯特·史泰龙饰演的电影中的一幕

不幸的是，当时没有老师赏识他。他没有修完就退了学，前往纽约去寻求发展。因为史泰龙把演艺事业当成他毕生的追求，所以他不找除演员之外的任何工作。

在纽约的最初一段日子里，史泰龙十分落魄，身上只剩100美元，连房子都租不起，睡在金龟车里。但他立志当演员的决心却丝毫没有改变。

下垂的眼角、含糊不清的发音，这是希尔维斯特·史泰龙最为公认的两大特点。虽然他满怀信心地到纽约的电影公司去应征，但都因他平平的外貌和咬字不清而遭拒绝。纽约共有500家电影公司，他不辞劳苦一一前去拜访，但无一例外地都拒绝了他。无数次的受挫并没有熄灭他渴望成为演员的决心，他坚信："过去不等于未来，没有失败，只有暂时停止成功。"他又回过头来，再一次从第一家电影公司开始新一轮的尝试。在被拒绝第1500次的时候，他的机会来了。

年轻的希尔维斯特·史泰龙

一次很偶然的机缘，史泰龙看了一场拳王阿里和一个小拳王的比赛，小拳王居然与阿里苦斗了15个回合。这给了史泰龙灵感，他用3天就完成了拳王洛奇的传奇故事。

史泰龙拿着自己写的电影剧本去寻找电影导演，但由于他坚持由自己排演洛奇，让许多制作人望而却步。在史泰龙遭到了1855次拒绝之后，皇天不负苦心人，史泰龙终于找到了一个肯拍那个剧本的电影老板。《洛奇》仅用了1个月就完成了，这匹1976年的黑马一举赚到2.25亿美元，并赢得了当年的奥斯卡最佳影片和最佳导演奖。史泰龙本人也获得最佳男主角和剧本的提名。《洛奇》奠定了史泰龙在世界影坛的地位，此后他接连出演和导演了五十余部影片，多部大片在世界创造了前所未有的票房纪录，史泰龙也成为世界影迷心中的英雄。

【点滴哲理】

史泰龙在被拒绝1855次后成为世界巨星，他的成功充分验证了世界华人成功大师陈安之的成功法则："没有失败，只有暂时停止成功。""成功者决不放弃，放弃者决不成功。"

励志哲理故事

尽力而为还不够，必须竭尽全力

比尔·盖茨

　　在美国西雅图的一所著名教堂里，有一位德高望重的牧师——戴尔·泰勒。有一天，他向教会学校一个班的学生们讲述了下面这个故事。

　　一年冬天，猎人带着猎狗去打猎。猎人一枪击中了一只兔子的后腿，受伤的兔子拼命地逃生，猎狗在其后穷追不舍。可是追了一阵子，兔子跑得越来越远了。猎狗知道实在追不上了，只好悻悻地回到猎人身边。猎人气急败坏地说："你真没用，连一只受伤的兔子都追不到！"

　　猎狗听了很不服气地辩解道："我已经尽力而为了呀！"

　　再说兔子，它带着枪伤成功地逃生回了家，兄弟们都围过来惊讶地问它："那只猎狗很凶呀，你又带了伤，是怎么甩掉它的呢？"

　　兔子说："它是尽力而为，我是竭尽全力！它没追上我，最多挨一顿骂，而我若不竭尽全力地跑，可就没命了呀！"

　　泰勒牧师讲完故事之后，又向全班郑重其事地承诺：谁要是能背出《圣经·马太福音》中第五章到第七章的全部内容，他就邀请谁去西雅图的"太空针"高塔餐厅参加免费聚餐会。

比尔·盖茨和他的微软公司全球共知

　　几天后，班中一个11岁的男孩胸有成竹地站在泰勒牧师的面前，从头到尾地按要求背诵了下来，竟然一字不漏，没出一点差错，而且到了最后，简直成了声情并茂的朗诵。

　　泰勒牧师比别人更清楚，就是在成年的信徒中，能背诵这些篇幅的也是罕见的，何况是一个孩子。泰勒牧师在赞叹男孩那惊人记忆力的同时，不禁好奇

比尔·盖茨的房车

地问："你为什么能背下这么长的文字呢?"

这个男孩不假思索地回答到："我竭尽全力。"

这个男孩，最喜欢反复看那套《世界百科全书》。他经常几个小时地连续阅

比尔·盖茨的家

读这本几乎有他体重1/3的大书，一字一句地从头到尾地看。他常常陷入沉思，冥冥之中似乎强烈地感觉到，小小的文字和巨大的书本，里面蕴藏着多么神气的一个世界啊！文字的符号竟能把前人和世界各地最有趣的事情记录下来，又传播出去。他又想，人类历史将越来越长，那么以后的百科全书不是越来越大而且更重了吗！要是能造出一个墨盒那么大，就能包罗万象地把一大本百科全书都收进去的东西，该有多方便。这个奇妙的思想火花后来竟然让他实现了，而且比香烟盒还要小，只要一块小小的芯片就行了。

他看的书越来越多，想的问题也越来越多。一次他忽然对他的同学卡尔·爱德蒙说：与其做一棵草坪里的小草，还不如成为一株耸立于凸丘上的橡树。因为小草千篇一律，毫无个性，而橡树则高大挺拔，昂首苍穹。

他坚持写日记，随时记下自己的想法，小小的年纪常常如大人般深思熟虑。他很早就感悟到人的生命来之不易，要十分珍惜在世时的宝贵机会。他在日记里这样写道：也许人的生命是一场正在焚烧的火灾，一个人能

比尔·盖茨和妻子

做的，就是竭尽全力要从这场火灾中抢救点什么东西出来。这种追赶生命的意识，在同龄的孩子中是极少有的。在日常生活中，无论是演奏乐器还是写作文，他都会倾尽全力，花上所有的时间最出色地完成。

16年后，这个男孩成了世界著名软件公司的老板。他就是比尔·盖茨。

【点滴哲理】

谁要想出类拔萃，创造奇迹，仅仅做到尽力而为还远远不够，必须竭尽全力才行。

不在失败中灰心丧气

"我在这儿已做了30年，"一位员工抱怨他没有升级，"我比你提拔的许多人多了20年的经验。"

爱迪生在做试验

"不对，"老板说，"你只有一年的经验，你从自己的错误中，没学到任何教训，你仍在犯你第一年刚做事时的错误。"

好悲哀的故事！即使是一些小小的错误，你都应从其中学到些什么。

"我们浪费了太多的时间，"一位年轻的助手对爱迪生说，"我们已经试了两万次了，仍然没找到可以做白炽灯丝的物质！"

"不！"这位天才回答说，"但我们已知有两万种不能当白炽灯丝的东西。"

这种精神使得爱迪生终于找到了钨丝，发明了电灯，改变了历史。

美国著名的钻石天地公司当初成立的目的是从事钻石开采，但由于公司地质勘探人员犯了一个错误，结果他们没找到钻石，但却发现了世界上最大的镍矿之一。

公司决策人员及时调整了经营方向，结果，公司的股票价格直线攀升。今天，尽管公司仍在沿用以前的名称，但其真正的业务却是制造镍币。

李维·斯特劳斯牛仔

李维·斯特劳斯起初想在加州靠开采金矿发财。然而，他发现这个行道似乎并不适合于他。最后他不得不放弃金矿开采，转而开始用帆布缝制矿工穿的裤子。如果当初他没有做出这一重大决策，那么今天我们也不可能在全世界几乎每个角落都能听到"李维斯"牛仔裤的名字。

【点滴哲理】

错误很可能致命。错误会造成严重的后果，往往不在错误本身，而在于犯错人的态度。聪明的人会从失败中学到教训。失败者是一再失败，却不能从其中获得任何经验。能从失败中获得教训的人，就能建立更强的自信心。直面错误，积极改正，继续努力，你就可能获得成功。

人定胜天

有一所位于偏远地区的小学校由于设备不足，每到冬季便要利用老式的烧煤锅炉来取暖。有个小男孩每天提早来到学校，将锅炉打开，好让老师同学们一进教室就能享受到暖气。

但有一天老师和同学们到达学校时，发现有火舌从教室冒出。他们急忙将这个小男孩救出，但他的下半身已被严重灼伤，整个人完全失去意识，只剩了一口气。

🌱 火灾

送到医院急救后，小男孩稍微恢复了知觉。他躺在病床上迷迷糊糊地听到医生对妈妈说："这孩子的下半身被火烧得太厉害了，能活下去的希望实在很渺茫。"

但这个勇敢的小男孩不愿这样就被死神带走，他下定决心要活下去。果然，出乎医生的意料，他熬过了最关键的一刻。但等到危险期过后，他又听到医生在跟妈妈窃窃私语："其实保住性命对这孩子而言不一定是好事。他的下半身遭到严重伤害，就算活下去，下半辈子也注定是个残废。"

这时小男孩心中又暗暗发誓，他不要做个残废，他一定要起身走路，但不幸的是他的下半身毫无行动能力。两只细弱的腿垂在那里，没有任何知觉。

出院之后，他妈妈每天为他按摩双脚，不曾间断，但仍是没有任何好转的迹象。即使如此，他要走路的决心也未曾动摇。

平时他都以轮椅代步。有一天天气十分晴朗，妈妈推着他到院子里呼吸新鲜空气。他望着灿烂阳光照耀的草地，心中突然有了一个想法。他奋力将身体移开轮椅，然后拖着无力的双脚在草地上匍匐前进。

🌱 轮椅

　　一步一步，他终于爬到篱笆墙边；接着他费尽全身力气，努力地扶着篱笆站了起来。抱着坚定的决心，他每天都扶着篱笆练习走路，一直走到篱笆墙边出现了一条小路。他心中只有一个目标：努力锻炼双脚。

　　凭着钢铁般的意志，以及每日持续的按摩，他终于能用自己的双脚站起来，然后走路，甚至能跑步。

　　他后来不但走路上学，还能和同学们一起享受跑步的乐趣，到了大学时，他还被选入田径队。

　　一个被火烧伤下半身的孩子，原本一辈子都无法走路跑步，但凭着他坚强的意志，葛林·康宁汉博士，跑出了全世界最好的成绩。

❀ 在男孩的努力下他也能像别的孩子一样走路跑步了

励志哲理故事

【点滴哲理】

　　突如其来的不幸不能摧毁他们的意志，反倒更能促进他们的成功。

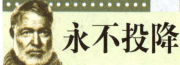

永不投降

励志哲理故事

🍀 做修葺住宅需要手脚灵活

一位33岁的住宅修葺分包商生意兴隆。做修葺住宅这一行必须动作敏捷，能在屋顶上来去自如，他以为自己永远都能够这样。

后来，他在车祸中断了右腿，只好退出这一行。

但他不肯就此投降。后来，他从书报中看到当时很多人喜欢将老旧的房屋修复，于是灵机一动，有了个主意。他从前在职业学校求学时，家具制造和木工这两科的成绩都很优秀。他心想，也许他可以将他的木工技能应用到修缮房屋上，赚到足以糊口的钱。

他向职业学校取得了介绍信，又请以前的顾客为他写推荐书，证明他为人可靠，工作认真。然后，他印了新的商业名片，分派给木材经销商和木匠，并在当地的旧城区宣传，让人知道他是专门替人修葺房子的。

今天，他的公司已有了一定的声誉。"我在车祸以前是做木匠维生的，而且日子过得不错，"他说，"我知道我一定还能这样。"

🐾 车祸后的他并没有消沉而是又为自己想到了谋生手段

【点滴哲理】

当你觉得生活已将你逼入绝路的时候，其实不然。只要转动你的思维仔细想一想，就会绝处逢生。

在困境中保持坚强

在遭遇困难时，任何人都需要一位坚强的靠山伸出救援的手。于是，领导人的能力就成为众人心中的疑问。

撒切尔夫人是英国保守党政治家和首相(1979—1990)，也是欧洲历史上第一位女首相。在1987年保守党赢得大选后，她成为英国在20世纪连任3届的首相，

🍀 撒切尔夫人

在她辞职时成为1827年以后英国任期最长的首相。

从牛津大学毕业后，她从事化学研究工作。由于她嫁了一位富商，使她能够学习法律，准备当律师，并专门研究税法。1950年第一次竞选议员，虽然地方保守党选票增加了50%，她仍遭失败。直至1959年才由北伦敦芬奇利的保守党选区选入下院。1961—1964年任年金和国民保险部的议会秘书，后在希思内阁(1970—1974)中任教育和科学大臣(是第二位进入保守党内间的妇女阁员)。1974年保守党在两次大选中失败后，撒切尔夫人于1975年继希思为保守党的领袖。1979年保守党在选举中取得决定性胜利后，使她上升到首相的地位。

在1988年11月9日上午8点，共和党的布什在确认当选美国总统之后，立即和英国首相撒切尔夫人共同出现在记者会上。撒切尔夫人以充满自信的态度向记者发表对维持英美关系的言论，她说："英国外交关系会因布什的当选更为良好。"

🍀 撒切尔夫人和女儿

以女性身份长期维持英国政局的撒切尔夫人

到底具有什么样受到拥戴的秘密？世人都知道英国是一个福利工作做得最妥善的国家。由于唯恐这种安于现况的"英国病"蔓延到整个社会，于是让素有"铁娘子"之称的撒切尔夫人担任首相。

在1979年撒切尔政权开始登场的同时，也展开了杜绝"英国病"再蔓延的工作。这次革命涉及经济、社会、医疗及社会保障，甚至教育也受到改革，虽然产生不少"太过分"的埋怨，但却让英国的经济、社会步上活性化。

撒切尔夫人就任后，表现出旺盛的进行改革的精力。她为自己所能推行的自助精神树立榜样，每天从早上6点起床到深夜兢兢业业地办理每个案件。拥有"铁娘子"的美誉，是因为她以过人的精力引导国民走上改革之路而成为一位权力超强的领袖。此外，英国国民支持她的所作所为的原因还在于，撒切尔夫人实在是一位言行一致的"伟大领袖"。

在她整个任期内，她切实执行的政策为严密支配内阁阁员，严格执行金融政策，促使工会服从法律的约束，以及国有企业的民营化。在她执政后期，她经教育、卫生保健和住宅的民营化，把"撒切尔革命"由财经和工业扩展到新的社会政策领域，她保证英国对北大西洋公约组织(NATO)的强有力的承诺，并主张英国要有独立的核武器威慑力量。此一立场深受选民欢迎，使得工党弃绝英国传统的核武器及防御政策。

英国人民坚信撒切尔夫人的坚毅信念和自信以及卓越的领导能力，他们与她都达到了荣辱共存的地步。

【点滴哲理】

不仅是在政界，在生活的任何领域，想要顺利地走出低谷，在困难中都必须保持坚强。

给自己一片悬崖

一位原籍上海的中国留学生刚到澳大利亚的时候，为了寻找一份能够糊口的工作，他骑着一辆旧自行车沿着环澳公路走了数日，替人放羊、割草、收庄稼、洗碗……只要给一口饭吃，他就会暂且停下疲惫的脚步。

一天，在唐人街一家餐馆打工的他，看见报纸上刊出了澳洲电讯公司的招聘启事。留学生担心自己英语不地道，专业不对口，他就选择了线路监控员的职位去应聘。过五关斩六将，眼看他就要得到那年薪三万五的职位了，不想招聘主管却出人意料地问他："你有车吗？你会开车

悬崖

吗？我们这份工作时常外出，没有车寸步难行。"澳大利亚公民普遍拥有私家车，无车者廖若晨星，可这位留学生初来乍到还属无车族。为了争取这个极具诱惑力的工作，他不假思索地回答："有！会！"

"4天后，开着你的车来上班。"主管说。

4天之内要买车、学车谈何容易，但为了生存，留学生豁出去了。他在华人朋友那里借了500澳元，从旧车市场买了一辆外表丑陋的"甲壳虫"。第一天他跟

洗碗也可以赚钱

华人朋友学简单的驾驶技术；第二天在朋友屋后的那块大草坪上模拟练习；第三天歪歪斜斜地开着车上了公路；第四天他居然驾车去公司报了到。时至今日，他已是"澳洲电讯"的业务主管了。

【点滴哲理】

给自己一片没有退路的悬崖，从某种意义上说，是给自己一个向生命高地冲锋的机会。

五句话足以改变人生

第一句话是：优秀是一种习惯。

这句话是古希腊哲学家亚里士多德说的。如果说优秀是一种习惯，那么懒惰也是一种习惯。人出生的时候，除了脾气会因为天性而有所不同，其他的东西基本都是后天形成的，是家庭影响和教育的结果。所以，我们的一言一行都是日积月累养成的习惯。我们有的人形成了很好的习惯，有的人形成了很坏的习惯。所以我们从现在起就要把优秀变成一种习惯，使我们的优秀行为习以为常，变成我们的第二天性。让我们习惯性地去创造性思考，习惯性地去认真做事情，习惯性地对别人友好，习惯性地欣赏大自然。

注解：要会"装"，要持续地、不间断地"装"，装久了就成了真的了，就成了习惯了，比如，准时到会，每次都按时到会，你装装看，你装30年看看，装的时间长了就形成了习惯。

第二句话是：生命是一种过程。

事情的结果尽管重要，但是做事情的过程更加重要，因为结果好了我们会更加快乐，但过程使我们的生命充实。人的生命最后的结果一定是死亡，我们不能因此说我们的生命没有意义。世界上很少有永恒。大学生谈恋爱，每天都在信誓旦旦地说我会爱你一辈子，这实际上是不真实的。统计数据表明，大学生谈恋爱的100对里有90对最后会分手，最后结婚了的还有一半会离婚。你说爱情能永恒吗？所以最真实的说法是："我今天，此时此刻正在真心地爱着你。"明天也许你会失恋，失恋后我们会体验到失恋的痛苦。这种体验也是丰富你生命的一个过程。

励
志
哲
理
故
事

注解：生命本身其实是没有任何意义的，只是你自己赋予你的生命一种你希望实现的意义，因此享受生命的过程就是一种意义所在。

第三句话是：两点之间最短的距离并不一定是直线。

在人与人的关系以及做事情的过程中，我们很难直截了当地就把事情做好。我们有时需要等待，有时需要合作，有时需要技巧。我们做事情会碰到很多困难和障碍，有时候我们并不一定要硬挺、硬冲，我们可以选择有困难绕过去，有障碍绕过去，也许这样做事情更加顺利。大家想一想，我们和别人说话还得想想哪句话更好听呢。尤其在中国这个比较复杂的社会中，大家要学会想办法谅解别人，要让人觉得你成熟，很不错，你才能把事情做成。

注解：如果你在考数学试题，一定要答两点之间直线段最短，如果你在走路，从A到B，明明可以直接过去，但所有人都不走，你最好别走，因为有陷阱。在中国办事情，直线性思维在很多地方要碰壁，这是中国特色的中国处事智慧。

第四句话是：只有知道如何停止的人才知道如何加快速度。

我在滑雪的时候，最大的体会就是停不下来。我刚开始学滑雪时没有请教练，看着别人滑雪，觉得很容易，不就是从山顶滑到山下吗？于是我穿上滑雪板，哧溜一下就滑下去了，结果我从山顶滑到山下，实际上是滚到山下，摔了很多个跟斗。我发现根本就不知道怎么停止，怎么保持平衡。最后我反复练习怎么在雪地上、斜坡上停下来。练了一个星期，我终于学会了在任何坡上停止、滑行、再停止。这个时候我发现自己会滑雪了，就敢从山顶高速地往山坡下冲。因为我知道只要我想停，一转身就能停下来。只要你能停下来，你就不会撞上树、撞上石头、撞上人，你就不会被撞死。因此，只有知道如何停止的人，才知道如何高速飞驰。

注解：用汽车来比喻，宝马可以上200公里，奇瑞却只能上120公里，为什么？发动机估计不相上下，差距在刹车系统，上了200公里刹不了车，呵呵，我的天！

第五句话是：放弃是一种智慧，缺陷是一种恩惠。

当你拥有六个苹果的时候，千万不要把它们都吃掉，因为你把六个苹果全都吃掉，你也只吃到了六个苹果，只吃到了一种味道，那就是苹果的味道。如果你把六个苹果中的五个拿出来给别人吃，尽管表面上你丢了五个苹果，但实际上你却得到了其他五个人的友情和好感。以后你还能得到更多，当别人有了别的水果的时候，也一定会和你分享，你会从这个人手里得到一个橘子，那个人手里得到一个梨，最后你可能就得到了六种不同的水果，六种不同的味道，六种不同的颜色，六个人的友谊。人一定要学会用你拥有的东西去换取对你来说更加重要和丰富的东西。所以说，放弃是一种智慧。

注解：我的个人原则是：每一次放弃都必须是一次升华，否则不要放弃；每一次选择都必须是一次升华，否则不要选择。做人最大的乐趣在于通过奋斗去获得我们想要的东西，所以有缺点意味着我们可以进一步完美，有匮乏之处意味着我们可以进一步努力。美国有一部电视片，讲的是一位富翁给后代留下了用不尽的遗产，结果他的后代全都变成了吸毒的、自杀的、进监狱的，或者精神病患者。为什么会这样呢？因为这位富翁给自己后代留下的钱太多了，以致他们不需要劳动就可以继承一大笔财产。继承一大笔财富，就几乎什么都能买到。所以，当一个人什么都不缺的时候，他的生存空间就被剥夺掉了。如果我们每天早上醒过来，感到自己今天缺点儿什么，感到自己还需要更加完美，感到自己还有追求，那是一件多么值得高兴的事情啊！

怎样克服自卑心理

自卑是一种吞噬人们心灵的病菌，给人带来莫大的痛苦。要战胜自卑，正确的方法是掌握有效的心理调节方法。

1. 正确评价自己。

如实看到自己的短处，也能恰当地看到自己的长处。切不能只看到自己某些短处，而看不到自己也有过人之处。马克思说过，伟人之所以高不可攀，是因为自己跪着。站起来吧！

2. 正确表现自己。

有自卑心理的人，不妨多做些力所能及、把握较大的事情，即使是很小的事情也不放过，以增加成功的概率，去享受哪怕是很小的成功的欢乐，在成功中不断地增强自信心。

3. 正确补偿自己。

"勤能补拙"，知道自己某方面的缺陷也不要背包袱，而要下最大的决心和毅力去克服它，这是积极有效的补偿。要相信通过勤学苦练完全可以缩小自己和别人的差距，甚至赶上和超过别人。

4. 同自己争胜。

从事各项活动，少和别人比，多与自己的昨天比，力争今天胜过昨天。

5. 表扬自己。

不理睬别人的贬低，表扬自己能获得自尊和满足。

6. 遇到问题少泄气、多鼓劲。

困难时常想"我能行"，别说"不行"，那是白费。

一个秘诀

励志哲理故事

大哲学家苏格拉底

开学第一天，古希腊大哲学家苏格拉底对学生们说："今天咱们只学一件最简单也是最容易做的事儿。每人把胳膊尽量往前甩，然后再尽量往后甩。"说着，苏格拉底示范做了一遍："从今天开始，每天做300下。大家能做到吗？"

学生们都笑了。这么简单的事，有什么做不到的？过了一个月，苏格拉底问学生

柏拉图像

最简单的甩手动作看似简单却不容易贵在坚持

们："每天甩手300下，哪些同学坚持了？"有90%的同学骄傲地举起了手。又过了一个月，苏格拉底又问，这回，坚持下来的学生只剩下八成。

一年过后，苏格拉底再一次问大家："请告诉我，最简单的甩手运动，还有哪几位同学坚持了？"这时，整个教室里只有一人举起了手。这个学生就是后来成为古希腊另一位大哲学家的柏拉图。

【点滴哲理】

世间最容易的事是坚持，最难的事也是坚持。说它容易，是因为只要愿意做，人人都能做到；说它难，是因为真正能够做到的，终究只是少数人。成功在于坚持，这是一个并不神秘的秘诀。

自信

　　美国布鲁金斯学会以培养世界上最杰出的推销员著称于世。它有一个传统，在每期学员要毕业时，设计一道最能体现推销员能力的题目，让学生去完成，这样的题目在一般人眼里成功的可能性是极小的。

　　2001年的题目是：请把一把斧头推销给小布什总统。许多学员看到这样的要求知难而退，放弃了。

　　可一位名叫乔治·何伯特的推销员却凭着自信成功了。他给小布什总统写了一封情真意切的信，阐明了总统在得克萨斯州的农场需要这把斧头的理由。没想到总统先生真给他汇来了15美元，买下了这把小斧头。

🐾 美国总统小布什

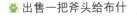

🐾 出售一把斧头给布什

　　布鲁金斯学会将空缺了26年的刻有"最伟大的推销员"的金靴子奖颁发给了乔治·何伯特，因为多年来学会一直在寻找这样一个人，这个人不会因有人说某一目标不能实现而放弃，不因某件事情难以办到而失去自信，而乔治·何伯特就是这样的人。

🐾 "最伟大的推销员"
金靴子奖牌

【点滴哲理】

　　生活中不是因为有些事情难以做到而使我们失去自信，而是因为我们失去了自信，有些事情才显得难以做到。

那一棵受伤的苹果树

励志哲理故事

他是一个敏感的人，敏感的人很容易遭受挫折。在与人的交往中，别人不经意的一句话、一个不友好的眼神都让他思虑再三，不时受着心灵的煎熬，所以他经常受伤。他也不愿意经常呆在家里，因为父亲想让他成为一个成功的商人或者在政府部门任职，而他接连让父亲失望。在父亲眼里，他是一个彻底的失败者，十足的无用之人，所以父亲见到他，经常咆哮着骂他。因此，他

年轻的弗兰茨·卡夫卡

弗兰茨·卡夫卡

对祖父的农场很感兴趣，甚至有段时间他想成为一个农夫。

在祖父的农场，他向祖父不断抱怨，为什么我的性格是这样？为什么受伤的总是我？老人家并未言语，而是带他去了苹果园。在一棵倒下的高大苹果树前，他们停下了。

祖父问道："你看这棵树和周围的苹果树相比有何特别？"

他答道："这棵树比周围的苹果树高多了。但主干较细，叶子也较密，小枝条多，而且结出的果实也又少又小。"

老人呵呵一笑道："不错，你的观察很细腻也很正

只有经历了挫折，才能结出叹为观止的果实

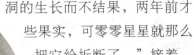

确，它是六年前栽种的，那时心太软，不忍让它受伤，总舍不得折断它的主干，清 洞的生长而不结果，两年前才
理它多余的枝条，结果只知空 些果实，可零零星星就那么
开始为它剪枝。这两年结了 把它给折断了。"接着，
几个，但昨夜一场暴风雨 历过挫折伤痛，碰上真
祖父又感叹说："没有经 了。"
正的打击就把它给毁灭 沉思。过了一会儿，仿
接着，祖父陷入了 经历过挫折和伤害，看似
佛喃喃自语道："没有 弱，在真正的风雨面前便
很快乐地生长，其实很脆 了伤害，自暴自弃，任伤
会遭遇灭顶之灾；而遭受 成为一块朽木；别总抱怨为
口散发着糜烂的气息，只会 了挫折和伤害，激发了生命深
什么受伤的总是我，只有经历 在开花结果上，才能绽放出灿
层次的东西，集中力量及营养

弗兰茨·卡夫卡

烂的花，结出硕大的果，散发出迷人的生命的馨香！"

他若有所悟。回到自己的生活轨道，他依然经常受伤，可是，正因为如此，他对人性及生命有了更为深刻的体会和思考，并努力结果。不久，他这棵伤痕累累的大树结满了令人叹为观止的果实。他写出了《地洞》、《变形记》、《判决》、《诉讼》、《城堡》等享誉世界的小说，而他本人也被誉为20世纪文学史上的杰出人物，现代主义的鼻祖。他就是奥地利著名作家弗兰茨·卡夫卡。

【点滴哲理】

只有经历了挫折和伤害，激发生命深层次的东西，集中力量及营养在开花结果上，才能绽放出灿烂的花，结出硕大的果，散发着迷人的馨香！

把握境遇的最高要求

励志哲理故事

有一天晚上，研讨会结束之后，罗宾独自漫步于波士顿科普利广场，此时已是夜深人静。广场的四周环绕着美国自建国以来的各式建筑，他不由得端详起来。就在此时，罗宾瞥见一个人摇摇晃晃地朝自己走来。他似乎流浪街头已有多日，浑身都是酒气。

罗宾猜想他一定会走过来乞讨几美元。果不其然，他迎向罗宾开口说道："先生，能否给我一美元呢？"

一美元

起先罗宾有点犹豫，后来还是动了恻隐之心。一美元实在是微不足道的，但罗宾觉得自己至少可以给他一个指点，便说："一美元？你就只要一美元吗？"

他忙不迭地说："就一美元。"

罗宾把手伸到裤袋里，掏了一美元给他，同时说："人生能得多少，就看你要求多少。"乞丐听了为之一愣，然后蹒跚离去。

望着他走远的背影，罗宾十分感慨：为什么成功的人和失败的人有如此悬殊的差异？我和他都是人，为什么我的人生充满了喜悦，事事都那么顺利；而他，一位60开外的老人，却得露宿街头，靠乞讨为生呢？答案就在于：人生会给予你所要的一切。如果你只想要一美元，你就只能得到一美元，如果你想要充满喜悦和成功的人生，也同样会得到。

【点滴哲理】

如果你知道如何控制自己的心态和行为，你就无所不能。如果你知道如何争取，就必然能得到所想要的。我们都会遭遇相同的人生挑战，但各人的境遇会不同，全在我们如何去面对那些挑战。

再撑一百步

🐾 雪山攀登

在我们的学习、工作和生活中，可能会遇到许多实际困难。在做一件事情的初始阶段，有的人会有些不适应，出现流泪、酸痛感；有的人会在中途产生懈怠、懒惰的情绪；有的人会出现身体的困倦、心理的厌倦。这个时候，就需要我们的意志力来支撑我们的信念。

著名心理学家威廉·詹姆斯指

🐾 攀登者

出，要使一个人真正努力确实很困难，因为通常人经过短暂的努力之后会感到很疲倦，即"疲乏的第一层面"，然后我们会想半途而废。但是我们很少推动自己穿透疲乏的层面，发掘下面隐藏的潜力。

美国华盛顿山的一块岩石上，立下了一个标牌，告诉后来的登山者，那里曾经是一个女登山者躺下的地方。她当时正在寻觅的庇护所"登山小屋"只距她一百步而已，如果她能多撑一百步，她就能活下去。

🐾 艰难的攀登

这个故事提醒人们，倒下之前再撑一会儿。胜利，往往存在于再坚持一下的努力之中。似乎命运总在考验

我们，在成功前设立一些沟沟坎坎，能坚持迈过去的人就是最后的成功者。

🐾 有时胜利者，往往是能比别人多坚持一分钟的人

【点滴哲理】

虽然我们当时可能会觉得困难重重，难以支撑，需要付出很大的努力去克服困难，但比较起它对我们一生的影响而言，这些努力就会显得微不足道了。

别让负面的批评阻碍你

艾列克在大学主修音乐。同学鲍勃对他那种对音乐全然地投入、每天花那么多时间练琴的精神而感到相当敬佩。毕业后。艾列克顺利申请到了奖学金继续深造。

不久后，鲍勃顺道去拜访他。艾列克告诉鲍勃他每天仍苦练8-10个小时的琴。鲍勃并不感到意外，他相信艾列克成为钢琴家的梦想最终能够实现。

🌑 钢琴

一年之后，鲍勃又见到艾列克。不料，艾列克却整个人都变了。

他申请到最好的音乐学院的奖学金，但只读了8个月就中途辍学了，他之所以做此决定，主要原因

🌑 钢琴琴键

就在于：他常常在不同的听众面前演奏，并受到各类批评——有的极中肯，有的却是恶意攻击，他难以承受住这些批评，从此一蹶不振。

当鲍勃再看到他时，他已有整整一个月没碰他心爱的钢琴了！他深陷沮丧，令

🌑 钢琴家在面对不同的听众的时候，得到的评价可能是不同的，有肯定也有批评

🌑 对于别人的批评，我们不能轻易地听从

他的父母也十分担忧。

不管鲍勃怎么劝，都没法让艾列克释怀。那些无谓的批评像利剑一般刺入他的心中。他在心理上无法面对恶意的批评，因而丧失了追求梦想的勇气。

他决定改行去做老师，回大学去拿教育学位，不过，不管朋友和家人怎么劝他，他甚至连"教"音乐也不愿意。

❁ 因为负面影响放弃了自己的梦想

鲍勃为自己的同学感到遗憾：他是那么有天分，然而却因为一些负面的批评阻碍了他在音乐方面的发展，断送了追求艺术更臻完美的机会。

【点滴哲理】

有一些别人的批评是值得听的。对于改进工作的建设性讨论，是进步的重要动力所在。知道你的错误并改正，才能有所长进，因此，能以鼓励的方式指出你的错处的人，是最好的顾问。但是，在确定自己终身职业的时候，坚持自己做决定是非常必要的。如果轻易听从别人的评判，你可能会感到无所适从，最终一事无成。

励志哲理故事

持之以恒的毅力

在林肯五岁那年，一位传教士来到他们的村子，办起了一所小学。林肯是学生中年纪最小的，可是他比谁都用功。由于他们的村子十分分散，从他家到学校要走好几公里的路。对于5岁的孩子来说，跑这么远的路是很累的，但他从来不叫苦，不管什么样的天气，都坚持去上学。这所小学办了两年就停办了，而且由于平时课程安排不正常，这两年上的实际也就只有半年的课。

🍀 林肯

林肯在学校里学会了拼读字母和一些单词，经常蹲在地上用手指或树枝在沙地上写呀、画呀。他很喜欢冬天下雪，当雪后满地银白的时候，积雪就成了他的大写字板，他在上面认真地书写着一个个单词，大人们对这个好学的孩子都非常喜欢，认为他将来必定有出息。

🍀 林肯很好学，在下雪的时候，雪地就可以成为他的写字板

虽然不去上学了，林肯并没有停止学习，他除了每天帮着父母干活，就是专心地读书，他熟读了母亲那本破旧的《圣经》。家里没有别的书，他就到别人家去借，有时候为了借书要跑上几十里路。他对借来的书非常喜爱，从不损坏。有一次，他从一位大叔那里借来一本《华盛顿传》，一天晚上他把书放在小木屋里，谁知半夜下起雨来，屋子漏进了雨水，把书淋湿了。

🍀 林肯很爱惜书

🍀 林肯很爱读书，但家里唯一的一本书是他母亲的那本破旧的《圣经》

　　早晨，林肯醒来，拿起湿淋淋的书，心疼地抚摸着，难过得哭了，家里人都来安慰他。他吃过早饭后怀揣着书，匆匆地赶到那位大叔家里去道歉。

　　见到大叔，他拿出书来很歉疚地说："大叔，由于我不小心，让雨把您的书淋湿了，很对不起您，就让我在您这儿干三天活来补偿吧！"

　　于是林肯就在那位大叔家很卖劲地整整干了三天活，大叔一家都被林肯的真诚感动了，就把这本书送给了他。

　　林肯孜孜不倦地学习，在书中努力汲取知识，了解外面的世界。晚上家里没有蜡烛，他就利用炉火的光来看书；买不起纸和笔，就用木炭在石板或木板上写字，或是用火鸡羽毛的根蘸着自制墨水写字。

🍀 林肯卧室

　　就是在这样艰苦的条件下，林肯通过勤奋自学，读了不少书，并能读、能写、能算，掌握了大量的知识。

【点滴哲理】

　　许多人之所以名垂青史，并不是因为他们具有优厚的先天条件，而是他们奋发向上的结果。

成功绝非偶然

励志哲理故事

每一个人都想获得他人的肯定，在人生的舞台上创造一番伟业，这种想法是无可厚非的。可是，大部分的人终其一生，只能过着默默无闻的生活。如果悲叹时运不济，不能施展抱负，不如先放眼看看四周。

百合花

盛开的百合花和剑兰，会将营养贮存在球根，以便花朵随时汲取。而移植的时候，水分和肥料如果过量，植物反而会无精打采，难以生长。

杉木必须有青苔才能生长，而青苔不能直接照射阳光，杉木的绿荫足以保护青苔，自杉叶滴落的露水，又可滚润青苔，当青苔繁茂之后，就会把蓄积的水分供应给杉木。因此，杉木与青苔彼此共存共荣。

小指是身体上微不足道的一部分，在日常生活中，常不会意识到它的功能；然而，它的存在却是不容忽视的。

小指如果有问题连铁锤都不能用

譬如，小指不灵活时，就没有办法拿铁锤，球也投不远，倒立时，不靠它更难以保持平衡。

平时我们一点也不重视它，一旦失去了，就会体验到它存在的价值。

火车能够快速而平稳地行驶，要靠最基层的保养人员默默地工作，如果这些无名英雄不工作了，火车别说是快速行驶，连最起码的安全都成问题。

天地间的自然原理是巧妙的，任何东西都有它的用处，在不浪费

火车能够快速而平稳地行驶，要靠最基层的保养人员默默地工作

的情形下，相辅相成，以保持调和的状态。

相反的，人如果一味地排斥对方，想压倒对方，实现自己的主张，使自己突出，那么它必定无法配合，而产生对立现象，如此一来，自然的运行法则一日也难以维持。

能明白这点，就算自己默默无闻，不被重视，也不会怨天尤人了。

有位华人曾奉派前往夏威夷服务，每天都要负责打扫。因为他当时尚在修习中，要修习，一打扫、二勤勉、三学问。"如果不能打扫好，又如何能做好学问"呢？

美丽的夏威夷风光

想出人头地，"默默无闻"和艰苦奋斗是必经之路

每日打扫时，他总会看到墙外许多观光客，在阳光下恣意地享受着有"海上乐园"之称的夏威夷的迷人风光，内心就为身穿工作服在打扫的自己抱不平。

后来他才发现那段日子对自己影响很深，每日的劳动不仅使食欲大增，身体也变得十分健康。

相信许多人也像当时这位华人一样，只知拿别人的生活和自己的生活相比较，不停地抱怨。

的确，基础性的工作，对血气方刚的年轻人而言，是一种难以忍受的磨炼。

世界上的伟人，都必须经历一段漫长且为人看不起的生活经验。毕竟，成功不是一朝一夕就能达到的。

那些卖座的歌星，表面上看来光彩夺目，但他们如果没有经过一番艰苦的奋斗和周围的协助，不断充实自己，又如何有今天的成绩。

总而言之，成功绝不是偶然的。

【点滴哲理】

想出人头地，"默默无闻"和艰苦奋斗是必经之路，虽然当时会觉得难以接受，但那是"黎明"前必经的"黑暗"。

励志哲理故事

天道酬勤

　　没有人能只依靠天分成功。上帝给予了一个人天分，但只有勤奋才能将天分变为天才。

　　曾国藩是中国历史上最有影响的人物之一，可是他小时候的天赋却不高。有一天在家读书，一篇文章重复不知道多少遍了，还没有背下来。这时候他家来了一个贼，潜伏在屋檐下，希望等他睡觉之后捞点好处。可是等啊等，就是不见他睡觉，还是翻来覆去地读那篇文章。贼人大怒，跳出来说："这种水平读什么书？"然后将那文章背诵一遍，扬长而去！

🍀 曾国藩

　　贼人是很聪明，至少比曾国藩要聪明，但是他只能成为贼，而曾国藩却成为毛泽东主席都钦佩的人："近代最有大本大源的人。"

🍀 勤能补拙

　　"勤能补拙是良训，一分辛苦一分才。"那贼的记忆力真好，听过几遍的文章都能背下来，而且很勇敢，见别人不睡觉居然可以跳出来"大怒"，教训曾国藩之后，还要背书，扬长而去。但是遗憾的是，他名不见经传，曾国藩后来启用了一大批人才，按说这位贼人与曾国藩有一面之交，大可去施展一二，可惜，他虽有天赋却不勤奋，最后不知所终。

【点滴哲理】

　　伟大的成功和辛勤的劳动是成正比的，有一分劳动就有一分收获，日积月累，从少到多，奇迹就可以创造出来。

证明你是最佳人选

爱德华·肯尼迪

几年以前，爱德华·肯尼迪参议员努力想得到民主党方面的总统提名。在他接受新闻记者罗杰·穆德采访时，被问到为什么想要成为美国总统，他却不能回答这个问题。不是他做出了一个拙劣的回答，而是他根本找不到任何言辞来回答。在别人看来，他竞选总统提名，自己并没有任何动力，或者只是补偿他父亲(乔治·肯尼迪)的雄心才走上了这条竞选之路。公众们这么抨击他："如果他不能为了自己做出比这件事(竞选)更加出色的事情，我们为什么要投他一票？他一点都不优秀。"这次采访后不久，帮助他参加竞选的班子就解散了。

肯尼迪参议员不过犯的是常人们每天也在犯的错误。

他和他们一样努力想让自己得到提升，但是却不

美国前总统约翰·肯尼迪是他的哥哥

要想被别人录用你，你必须证明你是最佳人选

在公司想要提升，你要准备好你值得提升的理由

励志哲理故事

能告诉别人为什么他是最佳人选。你已经看到同样的事情发生在你的同事身上，他们去见老板却只是告诉说，他们应该得到提升，因为从公司成立以来，他们就在这里工作了。当老板反问道："近来你为我做了什么呢？"他们给出的是像肯尼迪议员一样的一片空白。如果你想卖掉你的汽车，你会这样告诉未来的买者吗："买这部汽车吧，因为我想卖掉它。"当然不会，你会机灵地罗列出所有有吸引力的优点，还有这部汽车美好的未来，以此来诱惑别人。

🐾 爱德华·肯尼迪是美国历史上最杰出的参议员之一

不管你什么时候对别人描述自己，都要用上事实、数字和对你有帮助的任何事物。花上一段时间，列出你已经为公司做出的、有助于你的升职的事迹，把你的成就和那些可能是你的竞争者的成就比较一下。当你觉得自己确实比别人优秀的时

🐾 生活中许多时候你都必须学会推销自己

候，就可以整理一下自己的优点，去见上司讨论晋升的问题了。

【点滴哲理】

你在推销自己，努力想让自己得到提升的时候，一定要证明自己的能力和才干，明确告诉别人，为什么你是最佳人选。

要有自己的主见

伤心的小女孩

　　美国著名女演员索尼亚·斯米茨童年的时候在加拿大渥太华郊外的一个农场里生活。那时候她在农场附近一个小学里读书。有一天她回家后很委屈地哭了，她父亲问她为什么哭泣，她断断续续地说道："我们班里一个女生说我长得很丑，还说我跑步的姿势难看。"父亲听完她的哭诉后，没有安慰她，只是微笑地看着她。忽然父亲说："我能够得着咱们家的天花板。"当时正在哭泣的索尼亚听到父亲的话觉得很惊奇，她不知道父亲想要表达的意思，就反问了一句："你说什么？"

　　父亲又重复了一遍："我能够得着咱们家的天花板。"

　　索尼亚完全停止了哭泣，她仰着头看了看天花板，将近四米高的天花板，父亲能够得着？尽管她当时还小，但她不相信父亲的话。父亲看她一脸的不相信，就得意地对她说："你不相信吧？那么你也别相信那个女孩子的话，因为有些人说的并不是事实。"

我们都够不着天花板，那么别人说的也不一定是事实。为什么要那么在意呢

励志哲理故事

于是，索尼亚在很小的时候就明白了，不能太在意别人说什么，要自己拿主意。

在她二十四五岁的时候，已经是一个颇有名气的年轻演员了。一次，她准备去参加一个集会，但她的经纪人告诉她，因为天气不好，可能只有很少的人参加这次集会。经纪人的意思是索尼亚刚开始出名，应该用更多的时间去参加一些大型的活动以增加自己的名气。可索尼亚坚持要参加那个集会，因为她在报刊上承诺过要去参加。结果，那次在雨中的集会，因为有了索尼亚的参加而使得广场上的人群拥挤起来。她的名气和人气骤升。

当有争议时，要靠自己拿主意

【点滴哲理】

凡事要靠自己拿主意，并不是一意孤行，孤芳自赏，而是忠于自己，相信自己。要对自己的承诺负责，要敢于承认自己的缺点，更要敢于承担面临的挑战。在人生的路上，有很多时候，我们都要靠自己拿主意。

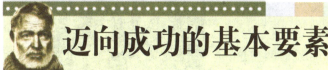

迈向成功的基本要素

　　安大略湖的一位著名的主教讲述的一个故事说明了坚强的意志对把握人生机会的重要性：一个商人需要一个小伙计，他在商店里的窗户上贴了一张独特的广告："招聘：一个能自我克制的男士。每星期4美元，合适者可以拿6美元。""自我克制"这个术语在村里引起了议论，这有点不平常。这引起了小伙子们的思考，也引起了父母们的思考。这自然引来了众多求职者。

　　每个求职者都要经过一个特别的考试。

　　"能阅读吗？孩子。"

　　"能，先生。"

　　"你能读一读这一段吗？"他把一张报纸放在小伙子的面前。

　　"可以，先生。"

　　"你能一刻不停顿地朗读吗？"

　　"可以，先生。"

🟩 小狗

　　"很好，跟我来。"商人把他带到他的私人办公室，然后把门关上。他把这张报纸递到小伙子手上，上面印着他答应不停顿地读完的那一段文字。阅读刚一开始，商人就放出6只可爱的小狗，小狗跑到男孩的脚边。这太过分了。男孩经受不住诱惑要看看美丽的小狗。由于视线离开了阅读材料，男孩忘记了自己的角色，读错了。当然他失去了这次机会。

　　就这样，商人打发了70个男孩。终于，有个男孩不受诱惑一口气读完了。商人很高兴。

　　他们之间有这样一段对话：

　　商人问："你在读书的时候没有注意到你脚边的小狗吗？"

　　男孩回答道："对，先生。"　🟩 可爱的小狗

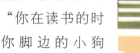

　　"我想你应知道它们的存在，对吗？"

"对，先生。"

"那么，为什么你不看一看它们？"

"因为你告诉过我要不停顿地读完这一段。"

"你总是遵守你的诺言吗？"

"的确是，我总是努力地去做，先生。"

商人在办公室里走着，突然高兴地说道："你就是我要的人。明天7点钟来，你每周的工资是6美元。我相信你大有发展前途。"男孩的最终发展的确如商人所说。

从阅读这件事来看一个人的克制力

【点滴哲理】

克制自己是成功的基本要素之一。太多的人不能克制自己，不能把自己的精力投入到他们的工作中，完成自己伟大的使命。这可以解释成功者和失败者之间的区别。青年人，即使天掉下来，你也要克制住自己！要学会自我克制！这是指品格的力量，要有克服困难的意志。能够驾驭自己的人，比征服一座城池的人还要伟大。是"意志"造就人，造就机遇，造就成功。

成功的9条戒律

美国巴比仑成功学院的创办人史蒂芬·哈维主编的《DFP成功学》(Develop Your Full Potential for Success)一书，其中谈到成功的9条戒律。

1. 每天辛勤地工作，这是生命和成功的所在。

2. 只要有耐心，你就能控制自己的命运。

3. 谨慎确定前途目标，否则你将一事无成，飘忽不定。

4. 未雨绸缪，有备无患，在顺境中做好迎接逆境的准备。

5. 以微笑面对逆境，直到逆境向你投降。

6. 只有计划而没有行动，计划就是空想。

7. 消除心理障碍，保持积极心态。

8. 要达到目的地，须先减轻重负。

9. 珍惜时光，享受生活。

向优秀看齐

有一次，林先生去美国，一位美国的朋友开车带他到一个富人居住区去观光。林先生不解地问："为什么不去名胜风景区观光，偏要选择这样的富人区呢？"

朋友笑着说："这里非常漂亮，看了以后，可以让你心情舒畅，并会有所收获。"

"有所收获？"林先生说，"难道看到别人住这么漂亮的房子，生活得如此惬意，你们不嫉妒吗？"

富人居住区

"我为什么要嫉妒他呢？他能住在这里，说明他遇上了一个好机会，如果将来我也遇到好机会，我会比他做得更好。来这里，可以提高我寻找机会的积极性，让我产生一种奋斗的动力。这就是收获。"朋友认真地说。

富人居住区

后来，林先生又去了日本。巧的是，日本朋友也是陪林先生去了富人区。林先生又问了同样的问题，日本朋友笑着说："那里会发现做得比我们自己强的人，我们会千方百计地接近他，和他拉上关系，向他讨教成功的秘诀，虚心地向他学习经验。——然后嘛，暗暗地努力，发愤工作，再利用自己的长处，想方设法去超过他。"

【点滴哲理】

美国人和日本人并不对比自己强的人产生嫉妒，而是以他们为行动的目标和动力，使自己也成为宝石。这是他们的聪明之处，也是值得我们学习和借鉴的地方。

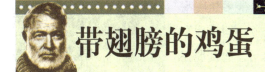

带翅膀的鸡蛋

　　1472年，在意大利佛罗伦萨市芬奇镇一座破旧的贫民窟里，年轻的达·芬奇浑身都是雨水，蜷缩在一个角落里，外面大雨滂沱，而这所房子正在风雨中飘摇。他曾经有过幸福的童年，他的父亲是一位有名的公证人，而母亲是一位农家少女。他受过良好的教育，周围的环境对他来说是健康的。他也有着明朗、活泼和向上的性格，他一直憧憬自己将来能够出人头地，能够超越身边所有的年轻人，他把所有的梦想都凝聚到一支画笔上，希望通过自己的努力能够飞黄腾达。

🌸 达·芬奇的自画像

　　但这一切随着一件事情的发生而消失得无影无踪。那是他10岁时，他的父亲喜欢上一位富家小姐。他把他的所有给了她，包括富有的财产，只留下达·芬奇和他的母亲流落街头乞讨。从此，达·芬奇一无所有，只有母亲的谆谆教导和一个永远的梦伴着他。三年后的一天，他的母亲永远地离开了他，现在，他只有贫穷的身体和贫困的志向了。

　　他曾经画过许多画，也曾经坐在街头出售过，但所有人不承认他的劳动成果。甚至在某一天，一个富人路过他的画摊，说他的画是在给整个城市丢脸，有损市容。那个富人把他所有的画统统烧掉，并且砸了他的画摊。

🌸 达芬奇的名画《最后的晚餐》

　　从那时起，他万念俱灰，甚至想到了死，但为了那个依然鲜活的方向和理想，他鼓起自己必须活下去的勇气。他曾想过去找他的生父，但犹豫过后他却自己给予了否定，他不希望让生父嘲笑自己，更不愿生活在一个不属于自己的家庭里。现在，他只有沦落到贫民窟，把自己打扮成一个叫花子。

　　雨停时，他闻到一阵清香。对面是一家富人开的饭店，正

🌸 达芬奇的作品

是晚上吃饭的时间，厨房正对着他的方向，他多想凑上去，和那帮小乞丐一样，抢些吃的填饱肚子，但是他没有，他有着非同寻常的耐性和品格。忽然间，他发现在厨房的窗玻璃前放着一个鸡蛋，它是如此生动，如此诱人，他仿佛看见一个个符号正在自己的眼前晃动，那就是一种灵感，一种从内心深处闪现的原动力。他忘掉了饥饿，忘掉了寒冷，走出贫民窟，靠近那个鸡蛋，他手里正拿着他的画笔，要临摹它，占有它的精神，他要用一颗滚滚的心临摹这个寒冷的世界。

🐾 达芬奇的作品

接下来的几天里，这成了他唯一的目标和工作，他忘我的□□件艺术品，以至于所有的小□□都在嘲笑他的傻、痴，但他□□容挂满脸颊，他仿佛已经□□自己的画册，郑重的开始

观察着，把那个鸡蛋当成了一□□□乞丐都围着他，所有的行人□□完全不理会。终于，他的笑□□体会出其中的内涵，他掏出□□画自己地作品。

这就是达·芬奇，正□□□停止奋斗的心铸就了他昂然□□他不仅成为了一个杰出的画□□名的科学家。他的作品永远留□□永远闪现在世界艺术的天空。
🐾 达·芬奇的素描

如他的志向一样，一颗从没□□向上的品格和坚强的自信，□□家，而且还成为了一个非常著□□在世界艺术画廊里，他的名字

【点滴哲理】

在一个渺茫的希望中，只要抓住信念的翅膀，不停地追求，不停地奋斗，终会迎来成功的阳光。

成功者背后的秘密

哥伦布发现新大陆后，受到许多人的景仰。在一次宴会上，有个骄傲的贵族认为发现新大陆并没有什么了不起，无论是谁都可以轻易办到。

哥伦布没有反驳，只是让一个侍者拿来一个鸡蛋说："各位，有谁能够把这个鸡蛋竖立在桌上？"

大家用尽各种办法，想把鸡蛋竖立在桌上，但都无法成功，于是有人说："要把鸡蛋竖立在平滑的桌上那是绝对办不到的事。"

🟢 哥伦布

哥伦布伸手拿起鸡蛋，把一端轻轻敲破了一点，轻易地就竖立起了鸡蛋，众人于是大声喝彩。

那些骄傲的贵族说："你把鸡蛋敲破了，这怎么能算呢？"

哥伦布说："我刚才并没有说不能敲破鸡蛋啊！"

贵族说："这样的话，那也太容易了。"

哥伦布说："是的，世界上的很多事都是非常容易的，只不过那是在别人做过之后。"

🟢 哥伦布塑像

【点滴哲理】

想让自己也能站上成功的峰顶，学习别人的智慧是必要的，但不要只是学到了虚浮的表面，而是应该深入去分析了解其成功背后的因素，吸取为自我经验并有效运用。

不要向困苦的环境低头，要坚持

🌸 安徒生像

安徒生很小的时候，当鞋匠的父亲就过世了，留下他和母亲二人过着贫困的日子。

一天， 他和一群小孩获邀到皇宫里去见王子，请求赏赐。他满怀希望的唱歌、朗诵剧本，希望他的表演能获得王子的赞赏。

等到表演完后，王子和蔼地问他："你有什么需要我帮忙的吗？"

安徒生自信地说："我想写剧本，并在皇家剧院演出。"

王子把眼前这个有着小丑般大鼻子和一双忧郁的眼睛的笨拙男孩从头到脚看了一遍，对他说："背诵剧本是一回事，写剧本又是另外一回事，我劝你还是去学一项有用的手艺吧！"

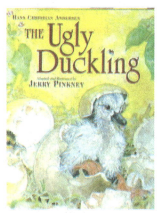

🌸 安徒生画像

但是怀揣梦想的安徒生回家后不但没有去学糊口的手艺，却打破了他的存钱罐，向妈妈道别，到哥本哈根去寻他的梦想。

14岁的安徒生在哥本哈根流浪，敲过当地所有贵族的门，都没有人理会他，但他从未想到过退却。他就这样一直坚持写作史诗、爱情小说，仍未能引起人们的注意，他虽然伤心，但仍然坚持写了下去。

🌸 安徒生的童话《白雪公主》

🌸《豌豆公主》

🌸《丑小鸭》

经过八年奋斗，他终于在诗剧《阿尔芙索尔》的剧作中展露才华。因此被皇家艺术剧院送进斯拉格赛文法学校和赫尔辛欧学院免费就读。1825年，安徒生随意写的几篇童话故事，出乎意料地引起了儿童的争相阅读，许多读者渴望他的新作品发表，这一年，他30岁。

安徒生塑像

他的第一部童话集《讲给孩子们听的故事》包括《打火匣》《小克劳斯和大克劳斯》《豌豆上的公主》和《小意达的花儿》，于1835年春出版。1837年，在这个集子的基础上增加了两个故事，编成童话集第一卷。第二卷于1842年完成，1847年又写了一部《没有画的画册》。

1840-1857年，安徒生访问了挪威、瑞典、德国、法国、意大利、西班牙、葡萄牙、希腊、小亚细亚和非洲，在旅途中写了不少游记，如：《一个诗人的市场》（1842）、《瑞典的风光》（1851）、《西班牙纪行》（1863）、《访问葡萄牙》(1866)等。他在德、法等国会见了许多知名作家和艺术家。1847年在英国结识了狄更斯，并且成为好朋友。

1843年，安徒生认识了瑞典女歌唱家燕妮·林德。真挚的情意成了他创作中的鼓舞力量。

安徒生被称为"享誉世界的丑小鸭"

但他的个人生活上却并不如意，终生没有结婚。他晚年最亲密的朋友是亨里克和梅切尔。

1875年8月4日安徒生在哥本哈根梅切尔的宅邸去世。这位童话大师一生坚持不懈地进行创作，把他的天才和生命全都献给了"未来的一代'，直到去世前三年，共写了168篇童话故事。他的作品被译成了80多种语言。

时至今日，《皇帝的新装》《丑小鸭》《卖火柴的小女孩》等安徒生所写的童话故事，陪伴了世界上许多儿童健康地成长。

【点滴哲理】

无论环境如何困苦，都不要向它低头，要坚持。沙地虽然贫瘠干燥，绿色的仙人掌还是挺直身躯，让自己绽出缤纷的花朵。

成功的最佳方案

拉马克于1744年8月1日生于法国毕加底，他是兄弟姊妹11人中的最小一个；最受父母宠爱。拉马克的父亲希望他长大后当个牧师，送他到神学院读书，后来由于德法战争爆发，拉马克当了兵，他因病退伍后，爱上了气象学，想自学当个气象学家，他整天仰首望着多变的天空。后来，拉马克在银行里找到了工作，想当个金融家。很快的，拉马克又爱上了音乐，整天拉小提琴，想成为一个音乐家。这时，他的一位哥哥劝他当医生，拉马克学医四年，可是对医学没有多大兴趣。正在这时，24岁

拉马克

牛顿

的拉马克在植物园散步时遇上了法国著名的思想家、哲学家、文学家卢梭，卢梭很喜欢拉马克，常带他到自己的研究室里去。在那里这位"南思北想"的青年深深地被科学迷住了。从此，拉马克花了整整11年的时间，系统地研究了植物学，写出了名著《法国植物志》。拉马克35岁时，当上了法国植物标本馆的管理员，又花了15年，研究植物学。当拉马克50岁的时候，开始研究动物学。此后，他为动物学花费了35年时间。也就是说，拉马克从24岁起，用26年时间研究植物学，35年时间研究动物学，成了

一位著名的博物学家。

古往今来，凡是有成就的人，都像拉马克后来一样，很注意把精力用在一个目标上，专心致志，集中突破，这是他们成功的最佳方案。

曾经有人问牛顿怎样发现了"万有引力定律"，他回答说："我一直在想着这件事。"在回答"成功的第一要素是什么？"时，爱迪生答道："能够将你的身体与心智能量锲而不舍地运用在同一个问题上而不会厌倦的能力……你整天都在做事，不是吗？每个人都是。

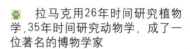

拉马克用26年时间研究植物学，35年时间研究动物学，成了一位著名的博物学家

假如你早上7点起床，晚上11点睡觉，你做事就做了整整16个小时。对大多数人而言，他们肯定是一直在做一些事，唯一的问题是，他们做很多很多事，而我只做一件。假如他们将这些时间运用在一个方向、一个目的上，他们就会成功。"高度专一与否，一天就有很大的差别，1月、1年、10年呢？那差异就更大了。因此，卡莱尔说："最弱的人集中其精力于单一目标，也能有所成就；反之，最强的人，分心于太多事务，也可能一无所成。"

【点滴哲理】

历史上有不少人被埋没，除了社会原因之外，没有找到他们为之献身的具体事业目标，东一榔头，西一棒子，今日点瓜，明日种豆，不能不是一个重要原因。成功者们始终将目光集中在他们的目标上，他们常常在向目标奋进的过程中运用想象提醒自己的目标所在。

励志哲理故事

一条永恒的真理

英国细菌学家欧立让，在研制消灭人体内的锥虫、螺旋体病原虫的药物过程中，经常几个晚上彻夜不眠，实在困了，便用书本当起枕头，和衣躺在实验室的长椅上稍睡片刻，然后又投入紧张的工作，最后，终于制出六〇六药物。

美国大发明家爱迪生，在发明各种电器设备的过程中，也是经常彻夜不眠，困了就伏在椅子的扶手上睡一下，醒了又继续进行研究。

🐾 爱迪生

德国的细菌学家柯赫，在研究细菌的生命代替规律时，往往用劈柴做枕头，日夜不停地进行精密的科学观察。诗人马雅可夫斯基在"多斯塔之窗"写作时，夜以继日，工作非常紧张。疲倦时，他常常用劈柴当枕头，使自己不至于睡得过久。正因为这样，他们赢得了比常人多得多的时间，做出了比常人大得多的贡献。

🐾 柯赫

大科学家牛顿有一次请人吃饭，客人已经到了，仆人把饭菜摆上桌，可迟迟不见主人的踪影。原来牛顿又躲进实验室做他的实验去了。一进入科学的天地，牛顿就忘记了外界的一切。客人只好自己吃完饭告辞走了。他直到得出了满意的实验结果之后才走出实验室，来到餐厅，当他看到客人吃剩的骨头，恍然大悟地说道："我还以为该吃饭了呢，原来我早已吃过了！"正是这样一种"痴迷"的精神才使他全身心地投入科学研究，成为历史上最伟大的科学家，经典物理学的奠基人。

🐾 牛顿

【点滴哲理】

牛顿指出："非凡的投入才会有非凡的成就，这是一条永恒的真理。"如果你对一项工作用心到了"痴迷"的程度，那这个世界上就再也没有什么事可以阻挡你的成功。

弱者意识不可取

❀ 跌倒了再爬起来

　　我们在现实中常常可以看到这样的情景：当一个人拎着沉重的东西登上公交车后东张西望地期待有人为他让座时，往往没有人会去理睬他；而当一个人满头大汗地抱着重物久久站立着时，却会有人向他招呼道："请到这儿来坐。"

　　也许读者会很奇怪，同样是背负着重物的人，为什么他们却有不同的待遇呢？道理其实很简单。前者心存受害者意识，希望有人来同情他所处的境况，这反而引起了他人的反感；而后者则持有积极向上的态度，博得了他人的敬仰，于是给予了他及时的帮助。

　　从这一小小的例子，我们可以看到一个简单至极的做人哲学：我们应当放弃受害者意识。有人说女性是弱者，很大程度上是指女性是生活、感情上的受害者。

　　例如，一个妻子发现丈夫有外遇之后，便开始哭哭啼啼，一副可怜的委曲样儿。说句实话，当丈夫看到妻子这副受害者的架势，反而更加心存厌弃，因为在这个世界上，没有人喜欢懦弱的人。还有一种妻子干脆大吵大闹，还寻死寻活地说："我是一个受害者！"这时她的丈夫多半不会及时回头，他的心里也是很不情愿的。

❀ 当丈夫有外遇时

　　如果处于当时境况的她，心里放弃受害者意识，以一种自尊自强的形象出现在丈夫面前，她的丈夫又会怎么做呢？他一定不会像刚才那样心存厌恶，反而滋生怜惜了呢！只怪懂得这种心理的妻子实在不多啊！

　　时下大都市里开通了不少情感专线，以便感情上的迷惘者寻找到生活的支点。

　　其中不乏感情上的受害者，但他(她)往往不是向主持人询问以后生活的方向，而是滔滔不绝地诉说着自己受害的经历，更有甚者一直哭哭啼啼地说上一个多小时。主持人一定也听得很累。这不是针对他(她)的发泄内容，而是这种方式极不可取。以一种极端受害者的形象来表现自己的痛苦，只会使其变得丑陋，潜在地暴露出无能与自卑。而且也不能从根本上解决什么，改变什么。

再看两个不同心态的下岗人，我们也可有所启示。A君下岗后，觉得自己还不到退休的年龄，于是到处求职，终于觅得一份里弄工作的差事。平时，他出出黑板报，打扫打扫办公室，工资虽不高，却也做得有滋有味，得到了居民与里弄干部的认可与好评；B君呢，自从下岗后，心里就很不平衡，天天闷闷不乐，逢人就念自己的苦经，发泄对社会的牢骚，久而久之，朋友们便不再上门，妻子也对他这副生活模样感到反感。

如果你有这两个朋友，你一定不会与B君深交的，因为他不是一个成熟的人。

现在的孩子娇生惯养，更是养成了与生俱来的受害者心理。在中国，一个三岁的孩子跌倒后，很委屈地大哭一阵，引起父母或旁人的注意，本能地希望有人扶他起来。这就是一种不健康的受害者心理。国外的有些父母一般不会去扶孩子，孩子哭够了，知道只有靠自己了，自然就会爬起来。让孩子有了这种童年时期的锻炼，他们长大后就不容易具有受害者意识，更为坚强独立。

🐾 跌倒后就哭是一种
不健康的心理

看了上述不少例子，你是否有些感触呢？每个人都应该走好自己生命中的每一步。你只要活着，就应该放弃受害者意识，敞开自己的胸膛，积极地对待每一天和每一个人。

【点滴哲理】

　　放下心里的包袱，敞开自己的胸膛，积极对待每一天和每一个人。

机不可失，时不再来

励志哲理故事

　　袁尚、袁熙兄弟在其父袁绍被曹操在官渡打败后，逃往辽东，这时他们还有几千人马。最初，辽东太守公孙康依仗他的地盘远离京城而不服朝廷管辖，有人劝曹操征讨辽东，同时擒拿袁氏兄弟。曹说："我正要使公孙康斩二袁的头送来，不需要用兵。"过了些日子，公孙康果然斩了袁尚、袁熙，将首级送了来。众将问曹操这是什么原因，曹操说："公孙康素来害怕袁尚、袁熙兄弟，我如果急于征讨他，他就会同袁尚等联合起来抵抗我们，缓一段时间，他们会自相矛盾，这种矛盾会使公孙康杀了二袁。"

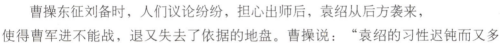

🐾 曹操像

　　曹操东征刘备时，人们议论纷纷，担心出师后，袁绍从后方袭来，使得曹军进不能战，退又失去了依据的地盘。曹操说："袁绍的习性迟钝而又多疑，不会迅速来袭击我们。刘备是新起来的。人心还未完全归附他，我们抓紧快攻打他，他必败。这是生死存亡的关键时刻，不可丢失时机。"于是，决心出师东征刘备。

　　田丰果然劝袁绍说："虎正在捕鹿，熊进入了虎窝而扑虎子。老虎进不得鹿，退得不到虎子。现在曹操征伐刘备，国内空了。将军有长戟百万，骑兵千群，率军直指许昌，捣毁曹操的老窝，百万雄师，自天而降，好像举烈火去烧茅草，又如倾沧海之水浇漂浮的炭火，能消灭不了他吗？兵机的变化在须臾之间，战鼓一响，胜利在望。曹操听到我们攻下许昌，必然会丢掉刘备而返回许昌。我们占据了城内，刘备在外面攻打，反贼曹操的脑袋一定会悬挂

🐾 袁绍像

在将军的战旗竿上。如果失去了这个机会，曹操归国之后，休养生息，积存粮食，招揽人才，就会是另一种情况。现在大汉国运衰败，纲纪松弛，曹操以他凶狠的本性，用他飞扬跋扈的势力，放纵他虎狼的欲望，酿成篡逆的阴谋，那时，即使有百万大兵攻打他，也不会成功。"袁绍听后，以儿子有病，推辞此事，不肯发兵。田丰用拐杖敲着地叹道："遇到这样好的机会，却因为婴儿的缘故而失去了，可惜呀！可惜！"

🐾 公孙康像

【点滴哲理】

曹操的预见力和判断力远胜于袁绍，这是二人在战争中成败得失不同的根本原因。

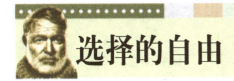

选择的自由

励志哲理故事

　　像大多数小孩子一样，我相信我母亲无所不能。她是个精力充沛、朝气蓬勃的女性，打网球，缝制我们所有的衣服，还撰写一个报纸专栏。我对她的才艺和美貌崇敬无比。

　　她爱请客，会花好几小时做饭前小吃，摘了她花园里的鲜花摆满一屋子，并把家具重新布置让朋友好好跳舞。然而，最爱跳舞的是母亲自己。

　　我曾入迷地看着她在欢聚作乐前盛装打扮。直到今天，我还记得我们喜爱的那套配有深黑色精细网织罩衣的黑裙子，把她的金黄色头发衬托得天衣无缝。然后，她会穿上黑色高跟舞鞋，成为在我眼中全世界最美的女人。

　　可是在她31岁时，她的生活变了，我的生活也变了。

　　仿佛在突然之间，她因为生了一个良性脊椎瘤而弄至瘫痪，平躺着困在医院的病床上。我当时十岁，年纪还太小，不能领略"良性"一词是怎样的反话，因为她从此以后便永远不再一样了。

　　母亲以她对其他一切事物的那种积极心态面对她的病。"物理治疗"和"残障"等词成了我们一起进入的那个陌生新世界的一部分。我逐渐开始照顾一向照顾我的母亲。

　　她终于可以起来坐轮椅了，于是，把她推入厨房便成了我的例行工作；在那里，她指点我把胡萝卜和马铃薯削皮，以及用鲜蒜、盐和厚块牛油揉在要烤的牛肉上的诀窍。

　　我11岁的时候，母亲告诉我她和爹爹将会有个小宝宝。很久以后，我才知道医生曾劝她接受治疗性流产，但她激烈反对。不久，我便成了我那个小妹妹玛莉·特蕾丝的"母亲"。我很快便学会替小宝宝换尿片、洗澡和喂奶。

🐾 **母亲因病只能做轮椅了**

　　有一件事我至今仍然记得特别清楚：玛莉·特蕾丝两岁时跌了一跤，膝盖的皮蹭破了，她哭了起来，掠过我母亲伸出的两臂而投入我的怀抱。我看到母亲脸上隐约浮现的难过神情时，已经太晚了，但她只是说道："她当然应该跑到你那里——你把她照顾得那么好。"

母亲的每一项成就都是我们两人生命中的大事。驾驶有动力辅助转向和动力辅助刹车装置的汽车，她重返大学读书，并得到辅导硕士学位。

她尽力学习一切有关残疾人士的知识，后来成立了一个名叫残障社的辅导团体。有天晚上，她带我的兄弟和我到那里去。我从没见过那么多身体上有各种不同残障的人。我回到家里，心想我们多么幸运。她还介绍我们认识一些大脑麻痹患者，让我们知道他们大都和我们同样聪明。她又教我们怎样和弱智的人沟通，指出他们时常都很亲切热情。

由于母亲那么乐观地接受了她的处境，我也很少对此感到悲伤或怨恨。可是有一天，我不能再语平气和了。在我母亲穿高跟鞋的形象消失以后很久，我家有个晚会。当时我十几岁，当我看到微笑着的母亲坐在旁边看她的朋友跳舞时，突然醒悟到她的身体缺陷是多么残酷。我脑海里再度映现母亲容光焕发、翩翩起舞的倩影，不知道她自己是否也记得，我朝她挨近时，看到她虽然面带笑容，却热泪盈眶。我奔回自己的卧房，哭了起来，对上帝大发脾气，对我母亲身受的不平深感愤慨。

母亲很爱跳舞，她会打扮自己，然后穿上黑色高跟舞鞋，成为在我眼中全世界最美的女人

我长大后在州监狱署任职，母亲毛遂自荐到监狱去教授写作。我记得只要她一到，囚犯便围着她，专心聆听她讲的每一句话，就像我小时候那样。

她甚至在不能再去监狱时，仍与囚犯通信。有一天，她给了我一封信叫我寄去给一个姓韦蒙的囚犯。我问她信可不可以看，她答允了，但她完全没想到这信会给我多大的启示。信是这么写的：

亲爱的韦蒙：

自从接到你的信后，我便时常想到你。你提起关在监牢里多难受，我深为同情。可是你说我不能想象坐牢的滋味，那我觉得非说你错了不可。

监狱是有许多种的，韦蒙。

我三十一岁时有天醒来，人完全瘫痪了。一想到自己被囚在躯体之内，再不能在草地上跑或跳舞或抱我的孩子，我便伤心极了。

有好长一阵子，我躺在那里问自己这种生活值不值得过。我所重视的所有东西，似乎都已失去了。

可是，后来有一天，我忽然想到我仍有选择的自由。看见我的孩子时应该笑还是哭？我应该咒骂上帝还是请他加强我的信心？换句话说，我应该怎样运用仍然属于我的自由意志？

我决定尽可能充实地生活，设法超越我身体的缺陷，扩展自己的思想和精神境界。我可以选择为孩子做个好榜样，也可以在感情上和肉体上枯萎死亡。

自由有很多种，韦蒙。我们失去一种，就要寻找另一种。

你可以看着铁槛，也可以穿过铁槛往外看。你可以作为年轻囚友的做人榜样，也可以和捣乱分子混在一起。你可以爱上帝，设法认识他，你也可以不理他。

就某种程度上说，韦蒙，我们命运相同。

自由有很多种，我们失去一种，就要寻找另一种

看完信时，我已泪眼模糊。然而，我这时才能把母亲看得更加清楚。我再度感觉到一个小女孩对她无所不能的母亲的崇敬。

【点滴哲理】

突如其来的不幸会增加强者的勇气和信心，同样也会摧毁弱者生活的勇气，其实每个人都可以成为生活的强者，看你怎样去面对。

励志哲理故事

成功的特质

1. 摆脱负面情绪的能力。

时间是流动的,不要让自己的情绪一直停留在负面的过去,而是将精力和注意力放在创造未来上。与其怨天尤人,不如完善自己,明确自己的奋斗目标。相信时间可以抚平你挫伤的心灵。

2. 积极主动。

想想看,你真的达到锲而不舍,不达成功决不罢休的程度了吗?

比尔·盖茨在高中时候就展现出惊人的意志。他曾到一个软件公司应聘,因为年纪小被拒绝了。为了得到这份工作,他半夜跑到那家公司的垃圾堆里,找到了公司的废弃资料,并加以修正。最终,他赢得了这份工作,更重要的是,他的精神奠定了他今天的骄人成就。

主动是创造机会的最佳途径。英特尔前总裁安迪·葛洛夫也曾说:"没有人欠你一份工作。"我们应该永远记得,自己的位置是自己给的。

3. 热情。

维京集团是目前英国最大的民营企业,拥有产业多达220项,总资产超过70亿美元。

维京集团的总裁布兰森是一位豪放不羁、自由率性的企业营业者.他不见得是全球最伟大或最成功的企业家,但他的企业王国的触角遍及婚纱、化妆品、航空、铁路等领域,近年又跨入了手机、消费电子等领域。布兰森虽然不是最富裕的企业家,但可以确定的是他是最懂得享受乐趣的企业掌门人。

4. 亲切感。

在强调专业的今天,每个人都要穿上正式的西装和套装,谁看起来不够专业?然而,专业背后的决胜点,就是你是否比别人更具有亲和力。

这是个强调"个性化"的时代,别人将因为你特别的个性化服务而留下长久的情谊与商机。

5.体贴。

我们是否体贴我们的老板、同事、我们的部属、我们的顾客?别忘了,体贴别人就是在体贴自己的人生,自己的事业。

美国有一家做番茄酱的企业,当发现大多数番茄酱的瓶口都朝上,很不方便将酱倒出来时,此企业就设计了一种开口朝下的瓶子。这一点点对客户的体贴让该企业获了奖,并使这种番茄酱成了美国最畅销的酱料。

不要小看一份体贴,它或许可以让你的事业无限宽广。

6.与众不同的想法。

苹果电脑有一个很棒的宣传口号,就是"想法要与众不同"。也许在我们身边总有一些被我们认为是疯子、是叛逆者、总喜欢惹是生非的人,但也许世界却因为他们的"偏执"而得以改变。

原本是修理脚踏车的莱特兄弟,因为不畏惧别人的嘲讽,发明了飞机;被苹果砸了头的牛顿因为多了一点想法而发明了万有引力。

我们今天在职场上也应该有和别人不一样的想法,以及别出心裁的做法;不要着急去和别人相同,而要想想自己的"不同"。

7.一定要有成功的决心。

一个喜欢演说的人,不甘于自己只是二流的推销员,所以他创立了最富盛名的激励机构"卡耐基训练"。他就是激励3000万人成功,书籍销量仅次于圣经的戴尔·卡耐基。

写过《生命之歌》的作家刘侠是一个全身百分之九十的关节都僵硬不能动的残疾人,她用"杏林子"的笔名写下了一篇又一篇咏叹生命的文章,她所追求的是对自己热爱写作与成就人生的热情。

我们都应该深切地知道,只有我们从心底生出一定要成功的愿望时,才能激发我们的动机,创造属于自己的成就。

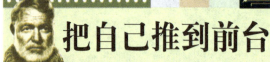

把自己推到前台

励志哲理故事

他是一位不幸的少年，因为身材矮小，总是被别人忽视。上小学的时候，学校开展小发明比赛，但是班级小组推荐的名单中没有他。于是他找到老师表示愿意参加比赛，老师尽管有些怀疑，但仍答应了他。几天后，他交上了自己的作品——无尘电动黑板擦，这个作品不仅在学校获了奖，还在市里获得一等奖。

上中学的时候，他的身高只有1米多一点。一次，电视台、教育厅、省科协举办"青少年科技创新大赛"。他经过长时间思考后，给电视台打去电话，擅自决定代表自己的学校报名参赛。结果他设计的电动车防滑带获得此次大赛一等奖，为学校争得了荣誉。

2003年12月，联合国教科文组织举办一次"全球儿童文化论坛"，在全球每个国家选一名14岁以上的青年赴巴塞罗那参加活动。这一次，他又主动报了名，并被列为候选。然而，全国共有120名候选青少年，从中只能挑选1人。组织者把120人分为12个小组，每组选1名代表上台演讲。不幸的是，他没有被小组选上。当其他选手在台上侃侃而谈的时候，他再也坐不住了，悄悄地靠近一位工作人员说："叔叔，你能不能帮我喊一下台上的主持人？""尽管没有人推选我，可我觉得我有这个能力，你给我一次机会，我会还你一份惊喜！"主持人和评委沟通以后，终于答

🌸 当你被别人忽视的时候，请记住一句话："你自己就是伯乐！"

应让他上台试一试。这一试，他成了中国唯一的入选者！

2004年3月，他接到了联合国的正式邀请。5月12日，身高只有1.2米的他，作为中国唯一的代表站在了国际论坛上，他的演讲赢得了场内持续热烈的掌声。

2004年12月，法国著名儿童动画片"天线宝宝"制作中心专程赶到中国，为他拍摄专题片。

他的名字叫姚跃，安徽省合肥市三十八中一位16岁的残疾少年。

在接受西班牙国家电视台记者采访的时候，姚跃说："当你被别人忽视的时候，请记住一句话："你自己就是伯乐！"

当所有的人都忽视你的时候你不要消沉，其实你自己就是你的伯乐

励志哲理故事

【点滴哲理】

一位身体残疾而心灵充满阳光的少年带给了我们许多启迪：只把希望寄托在别人身上，等待伯乐来发现，无疑是一种被动和软弱，只有自己发现自己，努力把自己推到前台，前面的风景才会是另一番模样。

给自己一张梦想支票

🐾 阿诺德·施瓦辛格是一位健美先生

阿诺德·施瓦辛格1947年7月30日出生于奥地利格拉茨一个鲜为人知的小镇。从小体弱多病的他在父亲的鼓励下爱上了运动，最初常常参加英式足球和田径比赛，15岁时，他发现自己真正喜欢的项目是举重，为此他潜心苦练，长达3年，铸就了一副强壮的身板。施瓦辛格从小就是个爱幻想的少年，他告诉自己要创出一番非凡的事业。

他下决心要成为世界上最有名的健美先生。

朋友们都认为施瓦辛格是痴人说梦，因为健美需要投注许多的时间和精力，不是那么简单就可以达成心愿的，他们猜想施瓦辛格不久后必定会放弃，打消这个愚蠢的念头，而去找一个实实在在的工作养活自己。

但施瓦辛格的决心却是随着日子的流逝有增无减，他

🐾 阿诺德·施瓦辛格时时鞭策自己一定要达到目标

经常对自己说："我不但要成为世界最有名的健美先生，还要当电影明星。"

而朋友们总是对他说："不要做白日梦了。"

于是，施瓦辛格将自己的目标写在小卡片上，将它放在皮夹里，时时鞭策自己，并跟自己约定，一定要达到目标。

为了接近理想，完成自己的约定，施瓦辛格到了美国，首先努力完成了健美先生的目标，之后成为了世界知名的演员，如今已是加利福尼亚州的州长。

阿诺德·施瓦辛格

阿诺德·施瓦辛格的健美照片

励志哲理故事

【点滴哲理】

我们都有梦想与人生目标，但是，却经常给自己很多借口删除变动，并且，不将之放在心上，做做梦陶醉一下就算了。然后，日子一天天过去，梦想永远只是梦想，目标，仍然在遥远的未知之处。最后，你告诉自己：人生是现实残酷的。给自己一张梦想的支票吧！在上面填上梦想名称、兑现名称、兑现日期，并且努力去完成。

励志哲理故事

梦想的凳子

贾平凹

都快8岁了，他10以内的加法还是算得一塌糊涂。父亲把墙根下玩打石头的他拽起来，给了他一个书包说，上学去吧。

父母一天到晚想着他能有一个正经营生。有一年秋天，他蘸着黑墨水，在自己家的围墙上画了一个四角的亭子，几棵高树，还有一些波光粼粼的水。邻居说，这孩子画得不赖，将来当个画匠吧。他以为，他将来能当走村串门的画匠了，就有意无意地留心看画匠干活。那年，有一个人给他大舅家画墙围子，他也画了一处山水，还题了"桂林山水贾天下"的字，他明知道那个"贾"字错了，但没有讲出来。

贾平凹的作品《向鱼问水》

就在他还不能确定是否能当画匠的时候，父母又发现他的另一个"长处"。有一次，他和隔壁家的孩子剪下许多猫猫狗狗的纸样，拿着手电钻进鸡窝里"放电影"。在浪费了好几节电池之后，父亲去公社找放映的人，看能不能给他找一个营生（工作），哪怕打打杂，抱抱片子什么的都可以。后来公社给了他们村一个名额，不过，不是给了他，而是村支书的儿子。

眼看当画匠无望，又当不成放电影的，父母盘算着该让他回家种地了，并预谋着要为他说下邻村的一个女孩。就在这时侯，他竟然又稀里糊涂地考上县城的高中。父亲一下子发了愁。母亲见状，说："上吧，走一步算一步。"

上完高中，他考上了西北大学。他的人生如果就这样下去的话，毕业了，回老家教教书，或许一辈子就这样没有波澜地过

贾平凹的故居

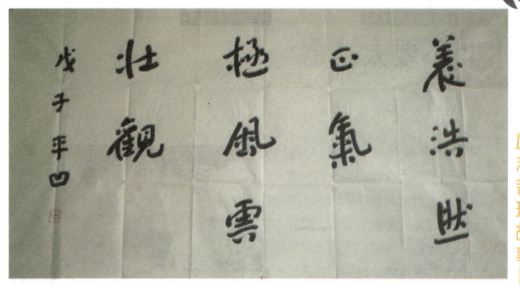

🐾 贾平凹书法作品之一

完。然而，大二的时候，他突然冒出一个想法。那时，学校开办了一份自己的报刊，有一个副刊，一个月要出一两期，他常常见有同学的文章在上面发表。他想，在毕业之前，自己要完成一个小小的愿望，那就是一定要在校报的副刊上发表一篇万字文章，把自己的名字变成那个铅字。他开始疯狂地写东西，写完后就拿去让教写作的老师看，稍有得到赞许的，就投给校报编辑部。到后来，老师也不愿意看了，没办法自己琢磨。他为此看了很多书，也浏览了不少报刊。然而，投给校报的许多稿件，都如泥牛入海。

他不想把这些凝着自己心血的文稿扔了，抱着试试看的想法，他向当地的日报社投去了几篇，结果意想不到的事情发生了。他的文字尽然出现在了当地的日报上。再后来，他的名字相继出现在省内的报刊上。从此以后，他在文学创作方面更加勤奋，因为他发现，他还有着一项自己都意想不到的才能。这个人就是贾平凹。

【点滴哲理】

　　这个世界上，更多的人是被别人安排着过完一生的，被安排着学哪门技术，被安排着进哪个学校，被安排着在哪个单位上班……却从没有真正为自己安排一件事情去做。人在这时候，最需要有一个凳子，你站上去，才会发现，你还有着许多没有挖掘出来的才能和智慧。而这只凳子，就是突然闯入你心中的一个想法，一个念头。

励志哲理故事

不要太笃定

常听到有人叹息："一天又过去了。"像这种对于自己的人生目标毫无概念，无法体会人生真正快乐的人，不论物质生活多么富裕，都是空虚的、孤独的。如果没有适度的紧张感，生活会显得过于单调，为了打发单调的时间，往往就向外追求感官的刺激，觉得有许多光阴可以消磨。相反的，内心经常怀有使命感，觉得有许多事情该做，如果不能将事情完成，

🍀 母亲和孩子

就难以心安的人，生活一定过得充实。所以，我们只要稍微改变一下对事物的看法，生活方式就会产生天壤之别。

有一个女人生下一个智能不足的孩子，她为此自责不已，每当想到孩子的将来，就难过万分，每日愁云满面，甚至产生与孩子同归于尽的想法。有一次，她路过一所启智学校。看到里面有许多智能不足的小孩子在认真地读书。她才顿时领悟到，智能不足的小孩子也应该有属于自己的珍贵生命。以前，每当她想到："我死去，这个孩子要由谁来照顾"时，就会产生厌世的想法，现在她的心中突然燃起一道光明的希望，更坚定她活下去的勇气。

🍀 母亲和孩子艰辛的生活

当她每天送孩子上学时，总是在心中祈祷："我今天要更坚强。"

她还说："因为我有了这样的孩子，所以，我比别人更努力地学习人生中的一切，就这一点来看，这个孩子算是我人生中的老师和恩人。"

世界上有许多面临不幸遭遇的人，由于苦恼无处发泄而抑郁终生。反之，四体健全的人们，如果还不知珍惜上天的恩宠，只会虚度光阴，岂不是非常不

应该吗？一旦产生空虚感时，就要有效地善加利用，在其他方面来努力，才能掌握幸福。正如有一篇文章所提到的："在一天之中，饮食、排泄、睡眠、说话、走路等，已花去了许多时光，如果剩余的时间，不知善加利用，而做无益的事、说无益的事、想无益的事，不但浪费时间，而且空掷岁月。这样虚度一生的人是最愚蠢的。所以，每一个人都应该多做些有意义的事，才不会产生空虚感。光阴是无情的，绝不会等待我们的。我们要及时醒悟，珍惜光阴，好好努力，不要让光阴迅速地流逝。某位老先生在世时，每日都要提醒他的后人们："不要慢吞吞地！"

　　我们不妨将这句话也记住，每当稍有偷懒的意念时，就以这句话来激励自己。

【点滴哲理】

　　人生只有一次，究竟是过充实的生活或者虚掷人生，全在我们的一念之间，既然要度过一生，凡事只要能尽自己的力量，认真地去做，成功与失败，就全凭天意了。

超越生命的障碍

励志哲理故事

如果在46岁的时候，你在一次很惨的机车意外事故中被烧得不成人形，4年后又在一次坠机事故后腰部以下全部瘫痪，你会怎么办？再者，你能想象自己变成百万富翁、受人爱戴的公共演说家、洋洋得意的新郎官及成功的企业家吗？你能想象自己去泛舟、玩跳伞、在政坛角逐一席之地吗？

米契尔全做到了，甚至有过之而无不及。在经历了两次可怕的意外事故后，他的脸因植皮而变成一块彩色板，手指没有了，双腿特别细小，无法行动，只能瘫在轮椅上。

米契尔在一次机车意外事故中被烧得不成人形，4年后又在一次坠机事故后腰部以下全部瘫痪

那次机车意外事故，把他身上65%以上的皮肤都烧坏了，为此他动了16次手术。手术后，他无法拿起叉子，无法拨电话，他无法一个人上厕所，但以前曾是海军陆战队队员的米契尔从不认为他被打败了。他说："我完全可以掌握我自己的人生之船，那是我的浮沉，我可以选择把目前的状况看成是倒退或是一个起点。"6个月后，他又能开飞机了！

米契尔为自己在科罗拉多州买了一幢维多利亚式的房子，另外还买了房地产、一架飞机及一家酒吧，后来他和两个朋友合资开了一家公司，专门生产以木材为燃料的炉子，这家公司后来变成了佛蒙特州第二大私人公司。

机车意外发生后4年，米契尔所

他和朋友合资的公司后来成为佛蒙特州第二大私人公司

开的飞机在起飞时又摔回跑道，把他的12条脊椎骨全压得粉碎，腰部以下永远瘫痪！"我不解的是为何这些事老是发生在我身上，我到底是造了什么孽，要遭到这样的报应？"

米契尔仍不屈不挠，日夜努力使自己能达到最高限度的独立。他被选为科罗拉多州孤峰顶镇的镇长，以保护小镇的美景及环境，使之不因矿产的开采而遭受破坏。米契尔后来也曾竞选国会议员，他用一句"不只是另一张小白脸"的口号，将自己难看的脸转化成一项有利的资产。

尽管面貌骇人、行动不便，米契尔却开始泛舟，他坠入爱河且结了婚，也拿到了公共行政硕士学位；并持续他的飞行活动、环保运动及公共演说。

米契尔说："我瘫痪之前可以做1万件事，现在我只能做9000件，我可以把注意力放在我无法再做的1000件事上，或是把目光放在我还能做到的9000件事上，告诉大家我的人生曾遭受过两次重大的挫折，如果我能选择不把挫折拿来当成放弃努力的借口，那么，或许你们可以从一个新的角度，来看待一些一直让你们裹足不前的经历。你可以退一步，想开一点，然后你就有机会说：'或许那也没什么大不了的！'"

【点滴哲理】

　　记住，"重要的是你如何看待发生在你身上的事，而不是到底发生了什么事"。

派蒂，向前跑

派蒂·威尔森在年幼时就被诊断出患有癫痫。她的父亲吉姆·威尔森习惯每天晨跑。有一天戴着牙套的派蒂兴致勃勃地对父亲说："爸，我想每天跟你一起慢跑，但我担心中途会病情发作。"

她父亲回答说："万一你发作，我也知道如何处理。我们明天就开始跑吧。"

于是十几岁的派蒂就这样与跑步结下了不解之缘。和父亲一起晨跑是她一天之中最快乐的时光；跑步期间，派蒂的病一次也没发作。几个礼拜之后，她向父亲表示了自己的心

🐾 和父亲一起晨跑是她一天之中最快乐的时光

愿："爸，我想打破女子长距离跑步的世界纪录。"

🐾 疾病不是我们放弃的理由

94

　　她父亲替她查吉尼斯世界纪录，发现女子长距离跑步的最高纪录是6500英里。当时读高一的派蒂为自己订立了一个长远的目标："今年我要从橘县跑到旧金山(400英里)；高二时，要到达俄勒冈州的波特兰(1500多英里)；高三时的目标在圣路易市(约2000英里)；高四则要向白宫前进(约3000英里)。"

　　虽然派蒂的身体状况与他人不同，但她仍然满怀热情与理想。对她而言，癫痫只是偶尔给她带来不便的小毛病。她不因此消极畏缩，相反的，她更珍惜自己已经拥有的。

　　高一时，派蒂穿着上面写着"我爱癫痫"的衬衫，一路跑到了旧金山。她父亲陪她跑完了全程，做护士的母亲则开着旅行拖车尾随其后，照料父女两人。

　　高二时，她身后的支持者换成了班上的同学。他们拿着巨幅的海报为她加油打气，海报上写着："派蒂，跑啊！"(这句话后来也成为她自传的书名)但在这段前往波特兰的路上，她扭伤了脚踝。医生劝告她立刻中止跑步："你的脚踝必须上石膏，否则会造成永久的伤害。"

　　她答："医生，你不了解，跑步不是我一时的兴趣，而是我一辈子的至爱。我跑步不单是为了自己，同时也是要向所有人证明，身有残缺的人照样能跑马拉松。有什么方法能让我跑完这段路？"医生表示可用黏剂先将受损处接合，而不用上石膏；但他警告说，这样会起水泡，到时会疼痛难耐。派蒂二话没说便点头答应。

　　派蒂终于来到波特兰，俄勒冈州州长还陪她跑完最后一英里。一面写着红字的横幅早在终点等着她："超级长跑女将，派蒂·威尔森在17岁生日这天创造了辉煌的纪录。"

　　高中的最后一年，派蒂花了四个月的时间，由西岸长征到东岸，最后抵达华盛顿，并接受总统召见。她告诉总统："我想让其他人知道，癫痫患者与一般人无异，也能过正常的生活。"

【点滴哲理】

　　疾病并不是放弃的借口，只要不懈地坚持，谁都一样能够获得成功。

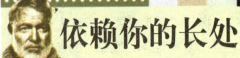

依赖你的长处

弗朗克在他那枯燥乏味的病房里盯着一棵圣诞树发呆。手榴弹的散碎片炸入了他的左小腿，医生决定切除他的伤腿。

圣诞树

弗朗克毕业于西点军校，他在那里是个棒球队队长，而且计划着以军官为终生职业。可现在看来，退役似乎成了唯一的选择。他知道严重受伤的军士是很少能回去担负有行动的职务的。

手术后，弗朗克最感忧伤的是他完全失去了在棒球场上的勇猛劲头。在每周一次的棒球赛中，他只能用棒击球，而由别人替他跑垒。有一天，当他正等着轮到他击球时，他看见一个队友连摔带滑地去占领了第三垒。当时他想：如果我也去试试跑垒，最多也就像他那样嘛。于是，他将球击出后，推开顶替他跑垒的伙伴，自己忍住疼痛，一瘸一拐地跑了起来，当跑在第一和第二垒之间时，他看到对方球员已接到了球并正向守第二垒的人扔过去。他闭上眼睛，命令自己头朝前地滑入了第三垒。当他听到裁判员喊出"安全"的口令时，他胜利地微笑了。

几年以后，弗朗克要带领一个中队去一处地形复杂的地方演习。他的上级担心由于一条小腿的切除，他是否能胜任这工作，而弗朗克告诉他们说可以，并且说："这甚至可以让我与士兵更亲近。如果我的假肢陷在烂泥里了，我会告诉他们，这是由于我没有两条完整的腿。"

棒球场上

如今弗朗克已是个四星级将官了，而且既能跑步，又能稳稳地骑自行车。

【点滴哲理】

一个人受自己缺陷的限制是可大可小的，关键取决于你自己如何看待和处理它。重要的是应该注意发挥你所具有的长处，而不是老想着你的缺陷。

坚韧执著

一个农民，初中只读了两年，家里就没钱继续供他上学了。他辍学回家，帮父亲耕种三亩薄田。在他19岁时，父亲去世了，家庭的重担全部压在了他的肩上。他要照顾身体不好的母亲，还有一位瘫痪在床的祖母。

20世纪80年代，农田承包到户。他把一块水洼挖成池塘，想养鱼。但乡里的干部告诉他，水田不能养鱼，只能种庄稼，他只好又把水塘填平。这件事成了一个笑话，在别人的眼里，他是一个想发财但又非常愚蠢的人。

听说养鸡能赚钱，他向亲戚借了500元钱，养起了鸡。但是一场洪水后，鸡得了鸡瘟，几天内全部死光。500元对别人来说可能不算什么，但对一个只靠三亩薄田生活的家庭而言，不啻天文数字。他的母亲受不了这个刺激，竟然忧郁而死。

他后来酿过酒、捕过鱼，还在石矿的悬崖上帮人打过炮眼……可都没有赚到钱。

35岁的时候，他还没有娶到媳妇。即使是离异的有孩子的女人也看不上他。因为他只有一间土屋，随时有可能在一场大雨后倒塌。娶不上老婆的男人，在农村是没有人看得起的。

但他还想搏一搏，就四处借钱买一辆手扶拖拉机。不料，上路不到半个月，这

他也养过鸡，但失败亏损了

辆拖拉机就载着他冲入一条河里。他断了一条腿，成了瘸子。而那拖拉机，被人捞起来时，已经支离破碎，他只能拆开它，当做废铁卖。几乎所有的人都说他这辈子完了。

但是后来他却成了他所在的这个城市里的一家公司的老总，手中有两亿元的资产。现在，许多人都知道他苦难的过去和富有传奇色彩的创业经历。许多媒体采访过他，许多报告文学描述过他。其中有这样一个情节令人终生难忘：

记者问他："在苦难的日子里，你凭什么一次又一次毫不退缩？"

他坐在宽大豪华的老板台后面，喝完了手里的一杯水。然后，他把玻璃杯子握在手里，反问记者："如果我松手，这只杯子会怎样？"

记者说："摔在地上，碎了。"

"那我们试试看。"他说。

他手一松，杯子掉到地上发出清脆的声音，并没有破碎，而是完好无损。

从手里丢掉玻璃杯子你认为它会破吗？相信它不破需要多大的执著

他说："即使有10个人在场，他们都会认为这只杯子必碎无疑。但是，这只杯子不是普通的玻璃杯，而是用玻璃钢制作的。"

【点滴哲理】

这样的人，即使只有一口气，他也会努力去拉住成功的手，除非上苍剥夺了他的生命……

上帝偏爱她，让她洗厕所

现今，日本国民中流传着一个动人的小故事。

许多年前，一个妙龄少女利用假期来到东京帝国酒店当服务员。这是这个工读生涉世之初的第一份工作，也就是说她将在这里迈出她人生的第一步。因此她很激动，暗下决心：我一定要好好干！但令她想不到的是：上司竟然安排她洗厕所！

洗厕所！没有谁愿意干，何况她从未干过粗重的活，细皮嫩肉，喜爱洁净，干的了吗？洗厕所是在视觉、嗅觉以及体力上都会使她难以接受的工作，心理暗示的作用更是让她忍受不了。她用自己白皙细嫩的手拿着抹布伸进马桶时，开始反胃，恶心得几乎呕吐却呕吐不出来，那感觉实在是难以忍受。而上司对她的工作质量要求很高，高的骇人：必须把马桶洗的光洁如新！

野田圣子

她当然明白光洁如新的含义是什么，她当然知道自己不适应洗厕所这一工作，真的难以实现光洁如新这一高标准的质量要求。因此，她陷入了极度困惑、苦恼之中，还哭过。这时，她面临着人生第一步怎样走下去的抉择：是继续干下去，还是另谋职业？继续干下去——太难了！另谋职业——知难而退？人生之路岂有退堂鼓可打？她不甘心就这样败下阵来，因为她想起了自己初来时下过的决心：人生第一步一定要走好，马虎不得！

正在此关键时刻，同单位一位前辈及时出现在她面前，帮她摆脱困惑、苦恼，帮她迈好了人生的第一步，更重要的是帮助她认清了人生应该如何走。但他并没有用空洞理论去说教，只是亲自做了个样子给她看。

野田圣子一度被认为最有可能成为日本首相的女强人

首先，他一遍遍地洗着马桶，直到洗得光洁如新。然后，他从马桶里盛了一杯水，一饮而尽喝了下去！竟然毫不勉强。实际行动胜过千言万语，他不用一言一语就告诉了她一个极为朴素、极为简单的真理：光洁如新，要点在于新，新则不脏。因为不会有人认为新马桶脏，里面的水是可以喝的；反过来讲，只有马桶中的水达到可以喝的程度，才算是把马桶擦得光洁如新了。而这一点已被证明可以办得到。同时，他送给她一个含蓄的、富有深意的微笑，送给她一束关注的、鼓励的目光。这已经够用了，因为她早已

开会中的野田圣子

激动得几乎不能自持，从身体到灵魂都在震颤。她目瞪口呆，热泪盈眶，恍然大悟，如梦初醒！她痛下决心：就算一生洗厕所，也要做一名洗厕所最出色的人。

从此，这个工读生打扫厕所异常认真。有一天，在打扫完厕所，洗完马桶后，她也很坦然地从马桶里舀了一杯水"咕噜咕噜"地喝了下去。此后，再进入厕所时，她不再引以为苦，却视为自我磨炼与提升的道场，每当清洁完马桶，她总自问："我可以从这里面舀一杯水喝下去吗？"

假期结束，当经理验收考核成果时，她在所有人面前，从她清洗过的马桶里舀了一杯水喝了下去！这个举动同样震惊了在场所有的人，尤其让经理认为，这名工读生是必须延揽的人才！毕业后，她果然顺利地进入帝国饭店工作。

而凭着这简直匪夷所思的敬业精神，37岁以前，她是日本帝国饭店最出色的员工和晋升最快的人。37岁以后，她步入政坛，得到小泉首相赏识，成为日本内阁邮政大臣！这位女大学生的名字叫野田圣子。

直到现在，这位被人们认为极具潜力角逐首相之位的内阁大臣，据说每次自我介绍时总是说："我是最敬业的厕所清洁工和最忠于职守的内阁大臣！"

对于一个年轻爱美的姑娘来说，喝马桶里的水真是不可思议。而野田圣子坚定不移的人生信念，表现为她强烈的敬业心：就算一生洗厕所，也要做一名洗厕所最出色的人。这一点使她拥有了成功的人生，使她成为幸运的成功者、成功的幸运者。

【点滴哲理】

孟子说过：故天将降大任于斯人也，必先苦其心志，劳其筋骨。古往今来的无数事例都证明了这一规律。由此，可以说——上帝偏爱她，让她洗厕所。

成为富翁的原因

有一次，美国的《财富》杂志采访当时世界排名第三的亿万富翁巴菲特，问他如何走到这一步，成为比上帝还富有的人？

🐾 巴菲特

巴菲特说："我给你们一个让自己的人生开足马力的建议：选择一个你钦佩的人，把你钦佩他的原因写下来。"

"你不要把自己的名字写在里面。然后，再写下一个你最讨厌的人的名字，写下那个人身上让你拒其于千里之外的那些品性。"

"我建议你们思考一下你们所钦佩的人的行为，使这种行为成为你们自己的习惯；同时也要留心一下你讨厌的人身上应受到斥责

🐾 巴菲特与妻子

的东西，并下决心不犯同样的毛病。如果做到了，你也能成为富翁。"

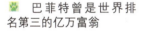
🌿 巴菲特曾是世界排名第三的亿万富翁

【点滴哲理】

向崇拜的人学习，以讨厌的人作为警戒，只要能持之以恒地去做，谁都可以成功。

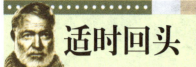

适时回头

励志哲理故事

🌸 **珠穆朗玛峰是世界最高的山峰**

1996年春，12名攀登珠穆朗玛峰的登山者死于暴风雪中，然而和那些不幸遇难的登山者一起攀登珠穆朗玛峰的瑞典登山者克洛普却保住了性命，因为他在距峰顶仅300英寸时转身下山了。

对于业余登山者们来说，登顶失败丧失的不过是一些自尊心。

但是克洛普以登山为生，登顶对他来说意味着很多东西。如果他在不携带氧气的情况下能够成功登顶，将刷新珠峰的历史记录。而且为了到达珠峰，他骑自行车从瑞典出发，行程7000英里。可以说，他为了登顶已经付出了很多努力，前功尽弃，损失很大。

克洛普停步在离峰顶近在咫尺之处，这是为什么？经受不起困难的考验？缺乏进取心？身体状况不佳？不，都不是。原因在于他预定的返回时间是下午2点。虽然再用45分钟他就能到达峰顶，但那样做就会超过安全的时限，无法在夜幕降临前下山。那次遇难的12名登山者中，大多数登上了峰顶——但他们都错过了安全的返回时间。

🌸 **攀登珠穆朗玛峰的人们**

后来，克洛普经过几周的修养生息，适应了恶劣的气候，相对轻松地登上了珠峰。他在对登山者意味着更多死亡危险的春季登上珠峰，却没留下影响终生的冻伤，也没因为惨烈的教训留下心理创伤，他毫发无损地返回了家乡。

【点滴哲理】

争取成功绝不意味着不惜一切代价实现目标；适可而止也不等于认输。不懂得适可而止的人，永远无法获得满足，与那些急于求成的人相比，懂得保持均衡的人取得的成就更大，生活得更快乐、更长久。

励志哲理故事

（警句）人一生需要铭记的话

1. 每天告诉自己一次，"我真的很不错"。

2. 生气是拿别人做错的事来惩罚自己。

3. 生活中若没有朋友，就像生活中没有阳光一样。

4. 明天的希望，让我们忘了今天的痛苦。

5. 生活若剥去理想、梦想、幻想，那生命便只是一堆空架子。

6. 发光并非太阳的专利，你也可以发光。

7. 愚者用肉体监视心灵，智者用心灵监视肉体。

8. 获得幸福的不二法门是珍惜你所拥有的，忘记你所没有的。

9. 贪婪是最真实的贫穷，满足是最真实的财富。

10. 你可以用爱得到全世界，你也可以用恨失去全世界。

11. 人的价值，在遭受诱惑的一瞬间被决定。

12. 年轻是我们唯一拥有权利去编织梦想的时光。

13. 青春一经典当即永不再赎。

14. 有了爱的誓言，所有的文字都是乏味的。

15. 真正的爱，应该超越生命的长度、心灵的纯度、灵魂的深度。

16. 爱的力量大到可以使人忘记一切，却又小到连一粒嫉妒的沙石也不能容纳。

17. 当一个人真正觉悟的一刻，他放弃追寻外在世界的财富，而开始追寻他内心世界的真正财富。

18. 只要有信心，人永远不会被挫败。

19. 不论你在什么时候开始，重要的是开始之后就不要停止。

20. 不论你在什么时候结束，重要的是结束之后就不要悔恨。

21. 人若软弱就是自己最大的敌人。

22. 人若勇敢就是自己最好的朋友。

23. "不可能"只存在于蠢人的字典里。

24. 抱最大的希望，为最大的努力，做最坏的打算。

25. 家！甜蜜的家！天下最美好的莫过于家。

26. 游手好闲会使人心智生屑。

27. 每一件事都要用多方面的角度来看它。

28. 有理想在的地方，地狱就是天堂。

29. 有希望在的地方，痛苦也成欢乐。

30. 所有的胜利，与征服自己的胜利比起来，都是微不足道的。

31. 所有的失败，与失去自己的失败比起来，更是微不足道的。

32. 上帝从不埋怨人们的愚昧，人却埋怨上帝的不公平。

33. 美好的生命应该充满期待、惊喜和感激。

34. 世上最累人的事，莫过于虚伪的过日子。

35. 觉得自己做得到和做不到，其实只在一念之间。

36. 第一个青春是上帝给的；第二个青春是自己努力的。

37. 少一点预设的期待，那份对人的关怀会更自在。

38. 思想如钻子，必须集中在一点钻下去才有力量。

39. 人只要不失去方向，就不会失去自己。

40. 如果你曾歌颂黎明，那么也请你拥抱黑夜。

41. 问候不一定要慎重其事，但一定要真诚感人。

42. 人生重要的不是所站的位置，而是所朝的方向。

43. 当你能飞的时候就不要放弃飞翔。

44. 当你能梦的时候就不要放弃梦。

45. 当你能爱的时候就不要放弃爱。

46. 生命太过短暂，今天放弃了明天不一定能得到。

47. 天才是百分之一的灵感加上百分之九十九的努力。

48. 人总是珍惜未得到的，而遗忘了所拥有的。

49. 乐要懂得分享，才能加倍享受快乐。

50. 自己要先看得起自己，别人才会看得起你。

摆脱束缚的绳索

有一则故事：一个后生从家里到一座禅院去，在路上他看到了一件有趣的事，他想以此去考考禅院里的老禅者。来到禅院，他与老禅者一边品茗，一边闲聊，冷不防地他问了一句："什么是团团转？"

"皆因绳未断。"老禅者随口答道。

后生听到老禅者这样回答，顿时目瞪口呆。老禅者见状，问道："什么使你如此惊讶？"

你被绳索困住了吗

"不，老师父，我惊讶的是，你怎么知道的呢？"后生说，"我今天在来的路上，看到一头牛被绳子穿了鼻子，拴在树上，这头牛想离开这棵树，到草地上去吃草，谁知它转过来转过去都不得脱身。我以为师父既然没看见，肯定答不出来，哪知师父出口就答对了。"

拴着的牛

老禅者微笑着说："你问的是事，我答的是理，你问的是牛被绳缚而不得解脱，我答的是心被俗务纠缠而不得超脱，一理通百事啊。"

后生大悟！

享受一份平静的心

【点滴哲理】

我们的人生常常被某些无形的绳子牵住。名利是绳，贪欲是绳，嫉妒和偏狭都是绳。摆脱了这些，才能享受真正幸福的生活。

接受信心的挑战

　　包玉刚生前是雄踞"世界船王"宝座的华人巨富。他所创立的"环球航运集团"，在世界各地设有20多家分公司，曾拥有200多艘载重量超过2000万吨的商船队。他拥有的资产达50亿美元，曾位居香港十大财团的第三位。包玉刚的平地崛起，令世界上许多大企业家为之震惊：一个华人结束了洋人垄断国际航运界的历史。他靠一条破船起家，经过无数次惊涛骇浪，渡过一个又一个难关，终于建起了自己的王国。回顾一下他成功的道路，他在困难和挑战面前所表现出的坚定信念，对我们每个人都是有益的启示。

　　包玉刚不是航运家，他的父辈也没有从事航运业的。中学毕业后，他当过学徒、伙计，后来又学做生意，30岁时升到了上海工商银行的副经理、副行长，并小有名气。31岁时包玉刚随全家迁到香港，他靠父亲仅有的一点资金，从事进出口贸易，但生意毫无起色。他拒绝了父亲要他投身房地产的要求，表明了欲从事航运的打算，因为航运竞争激烈，风险极大，亲朋好友纷纷劝阻他，以为他发疯了。

🐾 船王包玉刚

　　但是包玉刚却信心十足，他看好航运业并非异想天开，根据在从事进出口贸易时获得的信息，坚信海运将会有很大的发展前途。经过一番认真分析，他认为香港背靠大陆、通航世界，是商业贸易的集散地，其优越的地理环境有利于从事航运业。37岁时包玉刚正式下定决心搞海运，他确信自己能在大海上开创一番事业。

🐾 包玉刚创建了宁波大学

包玉刚早有独立创业的强烈意识，终于，他抛开了他所熟悉的银行业、进出口贸易，投身于他并不熟悉的航海业，人们对他的讥笑多于嘉许。的确，对于穷得连一条船也买不起的外行，谁也不肯轻易把钱借给他，人们根本不相信他会成功。他四处借贷，但到处碰壁，尽管钱没借到，但他经营航运的决心却更加强了，后来，在一位朋友的帮助下，他终于贷款买来一条有20年航龄的烧煤旧货船。从此包玉刚就靠这条整修一新的破船扬帆起锚，跻身于航运业了。

　　包玉刚虽然曾被人认为不会成功，但他相信自己会成功，终于成为世界上最大的私营船舶所有人

包玉刚一条破船闯大海，当年曾引起不少人的嘲弄。包玉刚并不在乎别人的怀疑和嘲笑，他相信自己会成功。他抓住有利时机，正确决策，不断发展壮大自己的事业，终于成为了世界上最大的私营船舶所有人。

【点滴哲理】

　　人的能力在一般情况下，只发挥了很少一部分，而在受到充分激励下，有可能几乎全部发挥出来。但不是每个人都能意识到，自己的能力简直就是一个处于潜伏期的活火山，一旦有足够的信念诱使其喷发，必将势不可当！

励志哲理故事

大海里的船

英国劳埃德保险公司曾从拍卖市场买下一艘船，这艘船1894年下水，在大西洋上曾138次遭遇冰山，116次触礁，13次起火，207次被风暴扭断桅杆，然而它从没有沉没过。

大海里的船，没有不带伤的

劳埃德保险公司基于它不可思议的经历及在保费方面带来的可观收益，最后决定把它从荷兰买回来捐给国家。现在这艘船就停泊在英国萨伦港的国家船舶博物馆里。

不过，使这艘船名扬天下的却是一名来此观光的律师。当时，他刚打输了一场官司，委托人也于不久前自杀了。尽管这不是他的第一次失败辩护，也不是他遇到的第一例自杀事件，然而，每当遇到这样的事情，他总有一种负罪感。他不知该怎样安慰这些在生意场上遭受了不幸的人。

当他在萨伦船舶博物馆看到这艘船时，忽然有一种想法，为什么不让他们来参观参观这艘船呢？于是，他就把这艘船的历史抄下来和这艘船的照片一起挂在他的律师事务所里，每当商界的委托人请他辩护，无论输赢，他都建议他们去看看这艘船。

【点滴哲理】

在大海上航行的船没有不带伤的。虽然屡遭挫折，却能够坚强地百折不挠地挺住，这就是成功的秘密。

赢得更多的成功机会

1973年，后来成为美国最成功的广告人之一的S.肯尼迪高中毕业(这是他仅有的学历)后想找份工作，并打算从"专业销售"开始。他梦想拥有公司配的又新又好的汽车，一份薪水，外加佣金和奖金，每天西装革履地上班，还有出差的机会。

肯尼迪偶然发现了一则招聘广告：一家出版公司的全国销售经理要在本城呆两天，只为了招聘一位负责5个州内务书店、百货公司和零售商的业务代表。肯尼迪梦想在将来成为作家或出版家，所以"出版"二字对他来说是有吸引力的。广告又说，起初月薪1600美元到2000美元，外加佣金、奖金、公务费和公司配车。这正是他梦寐以求的工作。

🍀 本来不可能的事情只要敢于尝试也许就会成功

不幸的是，肯尼迪不是他们的理想人选。他去面试时，那位全国业务经理很客气地向他解释，他不是他们要找的人。第一，肯尼迪太年轻；第二，他没有工作经验；第三，他没念大学。这份工作显然是为年龄在35~40岁之间、大学毕业，并具有相当丰富经验的人准备的，刚出校园的毛头小伙显然不适合。该公司已有几位应聘者待定。肯尼迪竭力毛遂自荐，但招聘者态度坚决——他就是不够格。

这时，肯尼迪亮出了绝招。他说："瞧，你们这个地区缺商务代表已达6个月了，再缺3个月也不至于要命吧。看看我的主意：让我做3个月，公司只负担公务费，我不要工资，还开我自己的车。如果我向你证明胜任这份工作，你再以半薪雇我3个月，不过我要全额佣金和奖金，还得给我配车。如果这3个月我仍胜任这份工作，你就用正常条件录用我。"这样，肯尼迪被录用了。在很短的时间里，他重组了销售流程，创下3项记录：短期内在困难重重的地区扭转乾坤；3个月内，让更多新客户的产品摆满他们的整个摊位；争取到新的非书店连锁的大公司等。3个月以后，肯尼迪有了公司配车、全额工资、全额佣金和奖金。

【点滴哲理】

莎士比亚说："本来无望的事，大胆尝试，往往能成功。"大胆尝试常常会带给你更多的机会。

勇于冒险敢做决定

🟩 俄亥俄州

多年以前，俄亥俄州的一位报纸专栏作家露丝·马肯尼和她的妹妹一同来到曼哈顿打天下。她写了一系列关于她们坎坷遭遇的短篇文章，刊登在《纽约客》杂志上。稍后这些故事被改编成一出名叫《我的妹妹艾琳》的音乐剧，后来更被改编为百老汇的著名歌舞剧，剧名叫做《奇妙的城镇》。在剧中露丝唱道："为什么，为什么哟，为什么我要离开俄亥俄州？"

这出经典音乐喜剧一向为莫瑞儿·西伯特所喜爱，而这位女士本身就是独立自主的最佳典范。西伯特小姐从不吟唱追悔的歌，她说："我20多岁就离开了俄亥俄州，我除了一辆破烂老爷车外，就仅有牛仔裤里的500美元了。然而那是我一生中采取过的最最明智之举。"朋友都称为米琪的莫瑞儿·西伯特，她在自己的职业生涯中采取过不少明智举动，但最明智的，莫过于创立了自己的事业。那项事业就是今天位于纽约市的莫瑞儿·西伯特公司，那是全美最成功的经纪公司之一。

从牛仔裤里的500美元开始，她走过了一段漫长而又艰难的道路。现在的她，在纽约证券交易所拥有一个席位，事实上，她是这个交易所里第一个拥有席位的女人。西伯特常被尊称为"金融界的第一女士"。然而她是如何达到这些崇高地位的呢？其实那是因为她了解在这个男性掌权的行业中，是没有人会让她"加入俱乐部"的，所以她必需独立自主地开创自己的事业。西伯特从俄亥俄州来到了纽约，她首先在一家经纪公司做一名周薪65美元的实习研究员(她放弃了另一份75美元周薪的会计工作)。于是她成了一名产业分析员。后来她跳槽到另一家经纪公司。有一天，她接到一个她曾经的客户公司来电，告诉她：由于她所写的报告，他们公司赚了一笔钱，所以他们欠她一个订单。就这样，她得到了她第一个订单。但西伯特并不以此为满足。她努力想获取一家大型经纪公司的合伙资格，却遭到对方严拒，只因为她是女人。由此，她决定要创立自己的事业。她当时给自己的建议是"放手去做吧"！而这句话对现在正准备创业的人来说，也是非常适合的。那时她根本没有能力拥有办公室，幸好她以前做过生意的一家公司把交易所的一角提供给了她，充做她的办公室。

勇于战斗的米琪·西伯特就在这个临时的办公室里，与恶劣的环境抗争。虽然有许多反对的意见但她还是跟银行借了30万美元，然后用44万美元在纽约证券交易所买了一个席位。结果在6个月之内，她就搬出了那个临时的办公室，进了属于她自己的精致办公室。经过不断地奋斗，今日的莫瑞儿·西伯特公司已经成为一家价值数百万美元的公司了。

【点滴哲理】

　　人生的幸福是需要争取与奋斗的，一味地等待，幸福是不会从天而降的。只有努力了才会拥有幸福！

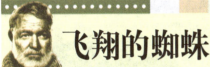

飞翔的蜘蛛

　　一天，我发现一只黑蜘蛛在后院的两檐之间结了一张很大的网。难道蜘蛛会飞？要不，从这个檐头到那个檐头，中间有一丈余宽，第一根线是怎么拉过去的？后来，我发现蜘蛛走了许多弯路——它从一个檐头起，打结，顺墙而下，一步一步向前爬，小心翼翼，翘起尾部，不让丝沾到地面的沙石或别的物体上，走过空地，再爬上对面的檐头，高度差不多了，再把丝收紧，以后也是如此。

🕸 蜘蛛结网

【点滴哲理】

　　蜘蛛不会飞翔，但它能够把网结在半空中。它是勤奋、敏感、沉默而坚韧的昆虫，它的网织得精巧而规矩，呈八卦形张开，仿佛得到神助。这样的成绩，使人不由地想起那些沉默寡言的人和一些深藏不露的智者。于是，我记住了蜘蛛不会飞翔，但它照样把网结在空中。奇迹是执著者创造的。

励志哲理故事

用微笑把痛苦埋葬

励志哲理故事

第二次世界大战时期

第二次世界大战期间，一位名叫伊利莎白·康利的女士在庆祝盟军于北非获胜的那一天，收到了国际部的一份电报——她的独生子在战场上牺牲了。

他是她最爱的儿子，那是她唯一的亲人，那是她的命啊！她无法接受这个突如其来的严酷事实，精神接近崩溃的边缘。她心灰意冷，痛不欲生，决定放弃工作，远离家乡，然后默默地了此余生。

当她清理行装的时候，忽然发现了一封几年前的信，那是她儿子到达前线后写给她的。信上写道："请妈妈放心，我永远不会忘记你对我的教导，不论在哪里，也不论遇到什么灾难，都要勇敢地面对生活，像真正的男子汉那样，能够用微笑承受一切不幸和痛苦。我永远以你为榜样，永远记着你的微笑。"

微笑着面对一切

她热泪盈眶，把这封信读了一遍又一遍，似乎看到儿子就在自己的身边，用那炽热的眼睛望着她，关切地问："亲爱的妈妈，你为什么不照你教导我的那样去做呢？"

伊丽莎白·康利打消了背井离乡的念头，一再对自己说：告别痛苦的手只能由自己来挥动。我应该用微笑埋葬痛苦，继续顽强地生活下去。我没有起死回生的能力改变现状，但我有能力继续生活下去。

【点滴哲理】

伊利莎白·康利写了很多作品，其中《用微笑把痛苦埋葬》一书，颇有影响。书中有这样几句话："人，不能陷在痛苦的泥潭里不能自拔。遇到可能改变的现实，我们要向最好处努力；遇到不可能改变的现实，不管让人多么痛苦不堪，我们都要勇敢地面对，用微笑把痛苦埋葬。有时候，生比死需要更大的勇气与魄力。"

一切都能应付过去

辛·基尼普的父亲生重病的时候已经是60岁了，仗着他曾经是俄亥俄州的拳击冠军，有着硬朗的身子，才一直挺了过来。

那天，吃罢晚饭，父亲把所有人叫到病榻前。他一阵接一阵地咳嗽，脸色苍白。他艰难地扫了每一个人一眼，缓缓地说："那是在一次全州冠军对抗赛上，对手是个人高马大的黑人拳击手，而我个头矮小，一次次被对方击倒，牙齿也出血了。休息时，教练鼓励我说："辛，你不痛，你能挺到第十二局！"我也说："不痛。我能应付过去！"我感到自己的身子像一块石头，像一块钢板，对手的拳头击打在我身上发出空洞的声音。跌倒了又爬起来，爬起来又被击倒了，但我终于熬到了第十二局。对手战栗了，我开始反攻，我是用我的意志在击打，长拳、勾拳，又一记重拳，我的血同他的血混在一起。眼前有无数个影子在晃，我对准中间的那一个狠命地打去……他倒下了，而我终于挺过来了。那是我唯一的一枚金牌。

当我们面对困难时，我们要咬紧牙关坚持

说话间，他又咳嗽起来，额头上晶莹的汗珠滚滚而下。他紧握着基尼普的手，苦涩地一笑："不要紧，才一点点痛，我能应付过去。"

第二天，父亲就咳血而亡了。那段时间，正碰上全美经济危机，基尼普和妻子都先后失业了，经济拮据。父亲又患上了肺结核，因为没有钱，请不来大夫

当感到困难时，坚持一下，也许你就会迎来成功

治病，只好一直拖到死。

父亲死后，家里的境况更加艰难。基尼普和妻子天天跑出去找工作，晚上回来，总是面对面地摇头，但他们不气馁，互相鼓励说："不要紧，我们会应付过去的。"

如今，当基尼普和妻子都重新找到了工作，坐在餐桌旁静静地吃着晚餐的时候，他们总要想到父亲，想到父亲的那句话。

【点滴哲理】

当我们感到生活艰苦难耐的时候，要咬牙坚持，学会在困境中对自己说："瞧，我能应付过去！"

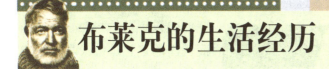

布莱克的生活经历

露西莉·布莱克讲述了自己的如下经历。

"我的生活一直非常忙乱，在亚利桑那大学学风琴，在城里开了一间语言学校，还在我所住的沙漠柳牧场上教音乐欣赏的课程。我参加了许多大宴小酌、舞会，还在星光下骑马。有一天早上我整个人垮了，我的心脏病发作。'你得躺在床上完全静养一年，'医生对我说。他居然没有鼓励我，让我相信我还能够健壮起来。"

"在床上躺一年，做一个废人，也许还会死掉，我简直吓坏了。为什么我会碰到这样的事情呢？我做错了什么？我又哭又叫，心里充满了怨恨和无奈。可是我还是遵照医生的话躺在了床上。我的一个邻居鲁道夫先生是个艺术家。他对我说：

我们也应该静下心来想想值得开心和幸福的事

'你现在觉得要在床上躺一年是一大悲剧，可是事实上不是的。你可以有时间思考，能够真正地认识你自己。在以后的几个月里，你在思想上的成长，会比你这大半辈子以来多得多。'我平静了下来，开始听从邻居的建

多想象自己拥有的会觉得自己真的很幸福

励志哲理故事

议，努力充实自己的思想。我曾看过很多能启发人思想的书。我决心只想那些我希望能赖以生活的思想——快乐而健康的思想。每天早上一起来，我就强迫自己想一些我应该感激的事情：我没有痛苦，有一个很可爱的女儿，我的眼睛看得见，耳朵听得到，收音机里播放着优美的音乐，有时间看书，吃得很好，有很好的朋友，我非常高兴，而且来看我的人很多。"

🐾 幸与不幸往往就在一念之间

"从那时候开始到现在已经有9年了，我现在过着丰富又多彩的生活。我非常感激躺在床上度过的那一年，那是我在亚利桑那州所度过的最有价值、也最快乐的一年。我现在还保持着当年养成的那种每天早上算算自己有多少得意事的习惯，这是我最珍贵的财产。"

【点滴哲理】

　　人的一生难免会遇到一些挫折与不幸，但关键看你以什么心态去面对，幸与不幸往往就在一念之间。

你能战胜自己——克服自卑的方法

美国著名的成人教育学专家卡耐基发现世界上根本就不存在生来就胆怯、害羞、脸红的人。这些心理的异常现象都是人在后天的成长过程中因某种经历诱发生成的。既然是后天，也就能克服。卡耐基还说："世界上没有一点都不胆怯、害羞和脸红的人，包括我自己。人人都有，只是程度不同、持续的时间长短而已。"心理学家告诉我们：胆怯、害羞和脸红的人往往对于人际关系格外敏感，也就是人家说的"脸皮儿太薄"。从心理学上讲，这类人太在意别人对自己怎么看，而对自己缺少应有的自信。不敢当众表达自己的感受，不仅自己活得很累，也让别人感到不舒服。

为什么有的人能把紧张的心理控制在最短的时间内，让人几乎看不出明显的"症状"，而有的人，尤其是一些女性朋友，却常常表现出脸红、心跳加速，甚至嘴唇打战呢？

某女士是我国恢复高考后的第一届大学生。用她自己的话讲，在学校学习乃至后来参加工作，学习成绩和专业技能可以说都是同龄人中的佼佼者。可是她生性胆怯，怕与陌生人打交道，开口讲话就脸红。有时不得不随单位或是丈夫参加一些社交活动，可是她总是感到非常不自在。最让她感到难过的是在年初，单位要搞处级干部竞争上岗，其中一关是"施政演说"。她没有足够的勇气和胆量，最后只好放弃。她的专业和资历绝不比人差，然而就是这个由"胆怯、害羞"组成的自卑拖了她的后腿！其实可以说她的"想法"拉了她的后腿。同时，心态的不开放、想法的单一性也是造成她自卑的主要原因。

要想克服胆怯、害羞的种种不良表现须先改变心态，然后再进行必要的心理调试和训练。

克服自卑训练法

方法一：行走时抬头、挺胸，步子迈得有弹性

心理学家告诉我们，懒惰的姿势和缓慢的步伐，能滋长人的消极思想；而改变走路的姿势和速度可以改变心态。平时你从未意识到这一点吧？从现在开始，你就试试看！

方法二：抬起双眼，目视前方，眼神要正视别人

心理学家告诉我们：不正视别人，意味着自卑；正视别人则表露出的是诚实和自信。同时，与人讲话看着别人的眼睛也是一种礼貌的表现。

方法三：当众发言

卡耐基说：当众发言是克服羞怯心理、增强人的自信心、提升热忱的有效突破口。这种办法可以说是克服自卑的最有效的办法。想一想，你的自卑心理是否多次发生在这样的情况下？你应该明白：当众讲话，谁都会害怕，只是程度不同而已。所以你不要放过每次当众发言的机会。

方法四：众人面前显显眼

心理学家告诉我们：有关成功的一切都是显眼的。试着在你乘坐地铁或公共汽车时，在较空的车厢里来回走走，或是当步入会场时有意地从前排穿过，并选前排的座位坐下，以此来锻炼自己。

增强自信心的11大法则

人人都能忍受灾难和不幸，并能战胜它们。有人也许不相信自己能办得到，可是人类有强得惊人的内在源泉。只要我们加以利用，便能引领我们渡过难关。我们比自己所想的更坚强。

励志哲理故事

　　法则1：首先对自己抱有希望。如果你连使自己改变的信心都没有，那就不要再向下看了……要对自己宽容，并使事情看起来容易做到。

　　法则2：表现得好像自信十足，这会使你勇敢一些。想象你的身体已接受挑战，显示自己并不是全然地害怕。

　　法则3：停下来想一想，别人也曾面对沮丧和困难，却克服了它们，别人既然能做到，当然你也能。

　　法则4：记住：你的生命是以某种节奏前进，你若感到失意消沉，无力面对生命，你也许会沉至山洼的底部；但是你若保持自信，便可能利用当时正扯你下坠的那股力量，跃出洼谷之外。

　　法则5：记住：夜晚比白天更容易使你感到挫败和气馁。自信多与太阳一道升起。

　　法则6：只有想不到的事情，没有干不成的事情。

　　法则7：我们大多数人所拥有的自信，远比我们想象的更多。

　　法则8：克服局促不安与羞怯的最佳方法，是对别人感兴趣，并且想着他们。然后胆怯便会奇迹般消失。为别人做点事情，举止友好，你便会得到惊喜的回报。

　　法则9：只有一个人能治疗你的羞涩不安，那便是你自己。没有什么方法比"忘我"更好。当你感觉胆怯、害羞和局促不安时，立刻把心思放在别的事情上。如果你正在演讲，那么除了讲题，一切都忘了吧。切莫在意别人对你和你的演讲如何看。忘记自己，继续你的演讲。

　　法则10：只要下定决心，就能克服任何恐惧。因为请记住：除了在脑海中，恐惧无处藏身。

　　法则11：害怕时，把心思放在必须做的事情上。如果充分准备，便不会害怕。

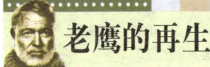

老鹰的再生

老鹰是世界上寿命最长的鸟类。它可以活到70岁。要活那么长的寿命，它在40岁时必须做出困难却重要的决定。

当老鹰活到40岁时，它的爪子开始老化，无法有效地抓住猎物。它的喙变得又长又弯，几乎碰到胸膛。它的翅膀变得十分沉重，因为它的羽毛长得又浓又厚，使得飞翔十分吃力。

它只有两种选择：等死，或经过一个十分痛苦的更新过程。

150天漫长的操练。

它必须很努力地飞到山顶。在悬崖上筑巢。停留在那里，不得飞翔。老鹰首先用它的喙击打岩石，直到完全脱落。然后静静地等候新的喙长出来。它会用新长出的喙把指甲一根一根地拔出来。当新的指甲长出来

鹰必须先飞到山顶在悬崖上筑巢

后，它们便把羽毛一根一根地拔掉。5个月以后，新的羽毛长出来了。

老鹰开始飞翔。重新再过30年的岁月！

【点滴哲理】

在我们的生命中，有时候我们必须做出困难的决定，开始一个更新的过程。我们必须把旧的习惯、旧的传统抛弃，使我们可以重新飞翔。只要我们愿意放下旧的包袱，愿意学习新的技能，我们就能发挥我们的潜能，创造新的未来。我们需要的是自我改革的勇气与再生的决心。

梦想是你的宝贝

安第斯山脉有两个好战的部落，一个住在低地，另一个住在高山上。有一天，住在高山上的部落入侵位于低地的部落，并带走该部落的一个小婴儿作为战利品。低地部落的人不知道如何攀爬到山顶，即使如此，他们仍然决定派遣最佳的勇士部队爬上高山去带回这个小婴儿。

勇士们试了各种方法，却只爬了几百尺高。正当他们决定放弃解救小婴儿，收拾行李准备回去时，却看到婴儿的母亲正由高山上朝他们走来，背上还缚着她的小孩。其中一位勇士走向前迎接她，说："我们都是部落中最强壮有力的勇士，连我们都爬不上去，你是如何办到的呢？"

她耸耸肩说："他不是你的小宝贝。"

🌿 妈妈的宝贝

【点滴哲理】

每个人的目标、梦想都是自己的宝贝。没有人会比自己更重视、保护它，并且为它奋斗。千万不要期待他人，你必须自我要求，同时专心致志、集中意念去实现梦想。

走出坚实的每一步

励志哲理故事

　　一位烫衣工人住在拖车房屋中，周薪只60元。他的妻子上夜班，即使夫妻俩都工作，赚到的也只能勉强糊口。他们的孩子耳朵发炎，他们只好连电话也拆掉，省下钱去买抗生素治病。

　　这位工人希望成为作家，夜间和周末都不停地写作，打字机的噼啪声不绝于耳。他的余钱全部用来付邮费，寄原稿给出版商和经纪人。

　　他的作品全给退回了。退稿信很简短，非常公式化，他甚至不敢确定出版商和经纪人究竟有没有真的看过他的作品。

　　一天，他读到一部小说，令他记起了自己的某本作品，他把作品的原稿寄给那部小说的出版商，他们把原稿交给了皮尔·汤姆森。

　　几个星期后，他收到汤姆森的一封热诚亲切的回信，说原稿的瑕疵太多。不过汤姆森相信他有成为作家的希望，并鼓励他再试试看。

🐾 史蒂芬·金

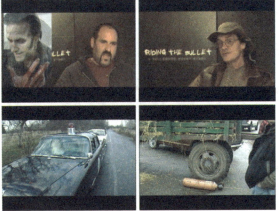

🐾 史蒂芬·金的恐怖小说改编成电影中的情形

🐾 《1408》幻影凶间 [美国]史蒂芬·金恐怖小说改编

　　在此后的18个月里，他再给编辑寄去两份原稿，但都退还了。他开始试写第四部小说，不过由于生活逼迫，经济上入不敷出，他开始放弃希望。

　　一天夜里，他把原稿扔进垃圾桶。第二天，他妻子把它捡回来。"你不应该中途而废，"她告诉他，"特别在你快要成功的时候。"

　　他瞪着那些稿纸发愣。也许他已不再相信自己，但他妻子却相信他会成功。一位他从未见过面的纽约编辑也相信他会成功。因此每天他都写1500字。

　　他写完了以后，把小说寄给汤姆森，不过他以为这次又准会失败。

　　可是他错了。汤姆森的出版公司预付了2500美元给他，史蒂芬·金的经典恐怖小说《嘉莉》于是诞生了。这本小说后来销了500万册，并摄制成电影，成为1976年最卖座的电影之一。

【点滴哲理】

　　成功的人很明白，没有人能一步登天。真正使他们出类拔萃的，是他们心甘情愿地一步接一步往前迈进，不管路途多么崎岖。

励志哲理故事

信心

1998年NBA赛后季总决赛，公牛队与犹他爵士队的比赛可谓动人心魄，还剩最后5.2秒，公牛队以85∶86落后，这时乔丹抢断球获得成功，这是决定命运的时刻了！只能成功，不能失败！乔丹稳稳地把球朝篮筐送出去，中了！公牛队胜了，第六次摘取了NBA总冠军。

看乔丹打篮球最精彩之处是：他总在最后几秒钟甚至在响哨前一刹那，投出一个"致胜球"，使他的队反败为胜，在他的篮球生涯里他总共投出25个"致胜球"。这25个"致胜球"不但决定了25场胜利，还让乔丹成为20世纪最伟大的篮球运动员。

🐾 乔丹

🐾 乔丹的最后一投

乔丹说："每当别人都知道我会拿到并投进终场前的'致胜球'时，我总是更加信心百倍。我不能让球迷、让球队、让自己失望，每一次挑战我总能创造一次奇迹。"

"无论我陷入何种困境，我都会想，自己一定能成功。而不去想，如果失败了会怎样。"

"有些人一想到可能会有一个糟糕的结局，便会恐惧得浑身发冷。我认为，如果我想在一生中有所成就，就必须积极进取，我必须主动出击。我相信，畏畏缩缩是成不了大器的。"

"对于某些人来说，恐惧是一道障碍，可对我而言，它只是一种幻觉。任何恐惧都是幻觉。你以为有东西挡着你的道，其实只是一个可以让你竭尽全力去获得成功的机会。"

"如果我发挥出自己最大的能力，依然不能尽如人意，那么，我也用不着在回首往事时说，当时我怕得连试都不敢试。努力尝试并没有错，也没有什么可以害怕的。失败总是会激励我下一次付出更多的努力。"

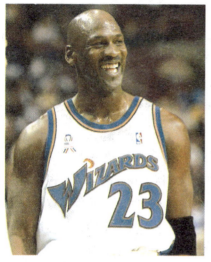

🍀　乔丹告诉自己一定会成功，恐惧是一种障碍，不要去想失败怎样，那样会让自己有恐惧感

励志哲理故事

【点滴哲理】

任何恐惧都是幻觉。你以为有东西挡着你的道，其实只是一个可以让你竭尽全力去获得成功的机会。

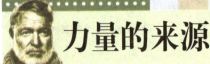

力量的来源

　　颜墨高自1961年22岁时进入美国银行当信贷业务学员，就开始了他的银行家生涯。颜墨高像现在美国许多年轻人一样，在工作了一段时间之后，对自己的学识感到不满足，产生了回大学深造的念头。这种要求，实际上与他自己在事业上的前途有密切关系。

🌸 考研的学生在提高自己的知识

　　第二次世界大战结束后，美国银行业发展迅速，竞争激烈。一个人在银行里工作，如果没有高深的专业知识和较高的学历，银行当局就不会委以重任，个人的事业前途就有了阻碍。因此，有一段时间，颜墨高离开了美国银行，进美国斯坦福大学读研究生，取得了商业管理硕士学位。之后，他参加美国总统的行政交换计划，被派往华盛顿美国政府国务院的货币事务处工作。

　　颜墨高在离开美国银行之后，有了在政府货币机构中工作的经验，有了比过去更高的学历，这使他幸运地再次被美国银行雇用，并且被派到伦敦去，担任美国银行伦敦分行经理。他的工作地点后来多次变动。1971年，他第三次被调往伦敦工作，出任美国银行伦敦分行副总裁。1977年，他第四次被调往伦敦工作，担任美国银行欧洲、中东和非洲区的负责人。这之后几年里，他又担任过美国银行内部货币及贷款政策委员会的高级人员及主席。最后，他在美国银行前任行长克劳逊退休之后，晋升为美国银行总行行长。

　　颜墨高从初进美国银行当信贷业务学员，到1981年年仅40多岁就当上了这家美国及全世界最大私营银行的总裁，前后不过20年，堪称奇迹。可是，纵观颜墨高过去20年的经历，他的成功与他个人的不断奋斗、充实自己的专业知识、提高自己的业务能力、丰富自己的工作经验都有着极其密切的关系。

【点滴哲理】

　　人只有不断充实自己的知识，提高自己的能力，才能出类拔萃。

认真

几个中国人第一次来到德国，向一个德国小男孩问路。小男孩正在上学的途中，听到询问立刻停了下来，认真地为中国人讲解路线。这时，一辆公共汽车驶过来，他抬头望了一下，又继续讲解。其中一个中国人不安地问小男孩："是不是该上车了？"小男孩摇摇头，很认真地说："先生，我还没有讲明白你们的路线，所以现在我还不能上车。"于是继续讲解。在公共汽车离站的那一刻，小男孩刚好讲完。于是，小男孩迅速跳上了车。令中国人惊讶的是，小男孩径直走到车尾，还透过玻璃，朝他们比画着现在该朝哪里走。小男孩的举动让在场的每一个中国人都十分感动。

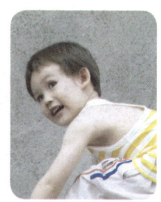

🐾 纯真的德国小男孩

【点滴哲理】

"做事最怕认真二字"，认真，是一种一丝不苟的办事态度，也是一种美德。它能提高你的可信度，也能感染别人。相反，办事马马虎虎的人不仅自己办不成事，也让别人感到不放心，甚至产生厌恶的情绪。

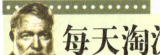

每天淘汰你自己

🐾 狮子

在非洲的大草原上生活着羚羊和狮子。一天清晨，羚羊从睡梦中醒来，它想的第一件事就是，我必须比跑得最快的狮子还要快，否则，我就会被消灭。而狮子也同时在想：要想得到我今天的美餐，我必须比跑得最快的羚羊快。于是在广袤无垠的大草原上，无时无刻不在上演着惊心动魄的生死搏杀，优胜劣汰的自然法则在这里体现得淋漓尽致。

🐾 羚羊

生活与学习中，不是自己淘汰自己，就是被别人淘汰自己。羚羊与狮子的相互竞争是为了自己更好的生存，它们都意识到了这种潜在的"危机"，不努力争取，不学会每天淘汰自己就会被自然界所淘汰，更何况被誉为大自然的主宰者的我们——人类呢，假如你不淘汰自己，可能就会被别人淘汰，假如你今天不努力，不去增长你的学识与见识，或是原地踏步，明天你将会被他人淘汰。

用你聪明的头脑，把握机会。要想不被他人淘汰，你就要学会每天首先淘汰自己的惰性，努力上进，拼搏前行。

🐾 广袤无垠的大草原上，无时无刻不在上演着惊心动魄的生死搏杀

【点滴哲理】

"每天淘汰你自己"，假如你不淘汰自己，可能就会被别人淘汰。

没有什么不可能

🌸 海顿像

当大作曲家莫扎特还是海顿的学生时，曾和老师打过一个赌。莫扎特说他能写出一段曲子，老师弹不出来。海顿非常不服气，决定一试。

莫扎特果然立即写好一首曲子交给老师，海顿信心十足地坐在钢琴边弹了起来。可他仅弹了一会儿就惊呼："我两手分别弹钢琴两端时，怎么会有一个音符在键盘中间的位置呢？"他试了几次，都没能成功。莫扎特在钢琴前胸有成竹地演奏他的乐曲，当他遇到这个情况时，只见他不慌不忙地向前弯下身子，用鼻尖点弹而过，顺利地演奏完他的曲子。海顿为此对自己的学生赞叹不已。

只要怀抱希望，任何事情都有可能。正如在北京奥运会夺得八枚金牌、七次打破世界纪录、成为奥林匹克历史上单届奥运会中获得金牌数最多的泳坛名将菲尔普斯，从小就是被小伙伴嘲笑的对象，但菲尔普斯的母亲一直都没有放弃他，十几年如一日地带着小菲尔普斯进行着游泳训练，天生就是为游泳而生的菲尔普斯没有辜负母亲的期望，他用自己的天才和努力为全世界创造着一个又一个的不朽传奇。

没有什么是不可能的，只要我们积极动脑，想尽一切办法，付出艰辛的努力，就可以顺利地完成任何一项任务，而不是为了完成任务去寻找托辞，这才真正体现了一个学习者、进取者自强的本色。

莫扎特用自己熟练的技艺和超人的勇气用鼻尖演奏曲子。中国古代小神童方仲永，5岁就能写诗，但却因不求上进而荒废学业，最终一事无成。没有什么是不可能的，天才与庸才之间只有一线之差。通过自己的勤奋和努力，就没有不成功的可能。

【点滴哲理】

人类的智慧慢慢会被更大地开发出来，创造的灵感可以延伸到世界任何一个地方。

成功无捷径

励志哲理故事

　　一个青年职员平时工作懒懒散散，在转正前一个月他问老板："如果我兢兢业业工作一个月，我能转正吗？"老板答道："你的问题让我想到一个冷房间的温度计，你用热手焐着它，能使表上显示的温度上升，不过房间一点也不会温暖。"

　　今天的成就是因为昨天的积累，明天的成功则有赖于今天的努力。

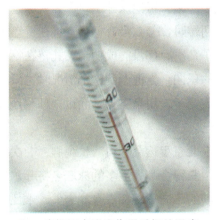

❀　房间不会因为你用手焐着温度计使其温度上升而改变温度

❀　成功是一种习惯的结果，是一个过程

【点滴哲理】

　　真正的成功是一个过程，是将勤奋和努力融入每天的生活中，融入每天的工作中。这要靠我们的意志，但更重要的是建立一个良好的生活习惯和工作习惯。一个成功人士用一句话总结他的经验："每天坚持比别人多工作一个小时而已。"

哲理故事

Part 2

（警句）人生七日忠告

第一日的忠告——经常给人一个惊喜

给朋友一个惊喜，能增进友谊；

给家人一个惊喜，能带来无比的欢乐；

给孩子一个惊喜，能激发其活力；

给同事一个惊喜，能建立融洽良好的人际关系。

一声轻轻的问候，一份贴心的关怀，

能给人意想不到的温暖。

把自己的快乐告诉他人，

大家共享其乐融融。

惊喜不要去刻意炮制。

第二日的忠告——善于弥补别人的不足

不要与光彩夺目的人相处，这样只会暴露你的缺陷。

不要与爱挑剔的人相伴，这样只会显示你的缺点。

与"太阳"型的人在一起，只会灼伤自己。

与互补型的人在一起，事业会蒸蒸日上。

避人所长，补已之短，这样会使自己成为不可或缺的人。

每日一言：找准自己的位子，巧干！

第三日的忠告——孤独是健康的大敌

励志哲理故事

世上最悲哀的莫过于被群体所遗弃，
世上最悲惨的莫过于离群索居，
无论是被动还是主动的孤独，
寂寞总是包围周身，时时吞噬心身。
心灵的孤独最容易毁灭一个人的生命。
因为生存环境恶化而孤独最懦夫，
因为个人品行低劣而孤独最报应。
偶尔独处并非一定孤独，只要心与群体相通。

第四日的忠告——君子爱财要取之有道

不义之财不可取，勤劳致富是正道，
合法才不会被绳之以法。
切莫学：人为财死，鸟为食亡。
劳动、知识、智慧，是构成财富的大厦；
懒惰、无知、贪婪，则是引致死亡的深渊。
君子爱财，一定取之有道，
这样的钱财，使人高枕无忧。
每日一言：不义之财得到越多死亡越快，而且馅饼不会从天上掉下来！

第五日的忠告——抱有感恩之心

对人、对事深怀感激，
就会朝气蓬勃，就会豁达睿智，
就会好运常有，就会格外珍惜生命，
就会热爱生活，就会有充实的人生，
就会远离烦恼，就会愉悦之情常有，
就会感觉天地更加宽广。
每日一言：感谢一切应该感谢的，多感谢，少抱怨！

励志哲理故事

第六日的忠告——学无止境

学习从来没有够的时候。

人的一生要学的东西有很多，

应该有的放矢，

缺什么，补什么，这样才能事半功倍。

学习有利于人生的进步，

还有利于生活的充实。

因为学不够，就会谦虚、谨慎。

越学越会觉得自己无知、渺小，

则自己的感悟和收获就越大。

每日一言：终生学习，越学越年轻。

第七日的忠告——丢弃过去的"我"，拓展现在的"我"

丢弃是为了放下包袱，

轻装前进；

拓展是为了扩大自己的领域，

产生全新的自我。

人前行没有丢弃，

就不能真正超载自我，

就会永远拘泥于狭窄的怪圈，

就会过分谨慎，直至愚蠢。

每日一言：走出自我的框架，备忘录："慈悲喜舍"。

生命的价值

在一次讨论会上，一位著名的演说家没讲一句开场白，手里却高举着一张20美元的钞票。

面对会议室里的200个人，他问："谁要这20美元？"一只只手举了起来。他接着说："我打算把这20美元送给你们中的一位，但在这之前，请准许我做一件事。"他说着将钞票揉成一团，然后问："谁还要？"仍有人举起手来。

20元的纸币不论是新的还是旧的都不会贬值

他又说："那么，假如我这样做又会怎么样呢？"他把钞票扔到地上，又踏上一只脚，并且用脚碾它。尔后他拾起钞票，钞票已变得又脏又皱。

这些纸币都不会因为是旧的或新的而贬值

"现在谁还要？"还是有人举起手来。

"朋友们，你们已经上了一堂很有意义的课。无论我如何对待那张钞票，你们还是想要它，因为它并没有贬值，它依旧值20美元。人生的路上，我们会无数次被自己的决定或碰到的逆境击倒、欺凌甚至碾得粉身碎骨。我们觉得自己似乎一文不值。但无论发生什么，或将要发生什么，在上帝的眼中，你们永远不会丧失价值。在他看来，肮脏或洁净，衣着齐整或零乱，你们依然是无价之宝。"

【点滴哲理】

生命的价值不依赖我们的所作所为，也不仰仗我们结交的人物，而是取决于我们本身！我们是独特的——永远不要忘记这一点！

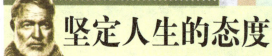

坚定人生的态度

一位犹太精神病专家弗兰克在集中营里度过了第二次世界大战时期，在那里，他失去了妻子、孩子以及一部倾注了毕生心血的手稿。但就在集中营里，他渐渐开始热衷于研究一个问题：为什么有些人在集中营艰难的环境中很快就绝望而死，而另一些人非但活了下来，而且变得更坚强。

通过观察，弗兰克断定，是人生态度的差异造成了这种天壤之别。弗兰克说："有一种自由是无法剥夺的，那就是我们在任何情况下选择自己人生态度的权利，这个选择决定了我们的人生。"

每天听一些激励的歌，看一些激励的书

怎样才能具有那种即使在集中营里也能帮助我们生存，并能让我们在生活中得到丰厚回报的人生态度呢？关键在于，一定要经常训练自己，将那些能焕发我们生命力的积极心态和精神持久地巩固强化。许多人都陷入了一个误区：当我们看见或听见能积极有益地影响我们人生态度的东西时，我们总是对自己说："就是这么回事，我懂。"然后就自行其是地去了。

这是没用的，懂得并不等于拥有。

要时时激励自己

【点滴哲理】

我们必须每天都花时间听那些能激励我们的歌；读那些能唤起我们热忱的书；以及结交那些能让我们有所长进的人。通过这种经常持久的强化，我们最终能渐渐地把这种成功者的人生态度深深地在心里植根。当我们遇到困难或障碍时，能发自本能，出于习惯地振奋起来，迎接我们的下一个挑战。

玫瑰朋友

有一天，一个路人发现路旁有一堆泥土，从土堆中散发出非常芬芳的香味，他就把这堆土带回家去，一时之间，他的家竟满室香气。路人好奇而惊讶地问这堆土："你是从大城市来的珍宝吗？还是一种稀有的香料？或是价格昂贵的材料？"

泥土："都不是，我只是一块普通的泥土而已。"

路人："那么你身上浓郁的香味是从哪里来的？"

泥土："我只是曾在玫瑰园和玫瑰相处过很长的一段时期。"

🐾 朋友会在不知不觉中互相影响，要选择对你有意发展的朋友

🐾 娇艳的玫瑰

【点滴哲理】

和什么样的人相处，久而久之，就会有相同的味道。让我们不但是靠近玫瑰的泥土，吸收它的芬芳，更自我期勉，也能够成为可以带给别人香味的玫瑰。

牛转弯

励志哲理故事

父子俩住山上，每天都要赶牛车下山卖柴。老父较有经验，坐镇驾车，山路崎岖，弯道特多，儿子眼神较好，总是在要转弯时提醒道："爹，转弯啦！"有一次父亲因病没有下山，儿子

🐾 牛用条件反射的方式活着，人用习惯活着

🌸 好的习惯越多你的人生就越好

一人驾车。到了弯道，牛怎么也不肯转弯，儿子用尽各种方法，下车又推又拉，用青草诱之，牛一动不动。

到底是怎么回事？儿子百思不得其解。最后只有一个办法了，他左右看看无人，贴近牛的耳朵大声叫道："爹，转弯啦！"

牛应声而动。

【点滴哲理】

牛用条件反射的方式活着，而人则以习惯生活。一个成功的人晓得如何培养好的习惯来代替坏的习惯，当好的习惯积累多了，自然会有一个好的人生。

要摆脱对朋友的依赖

苏珊是位年轻的妇女，她愿意让一位朋友摆布她的生活。

当她的垃圾处理装置出毛病后，她给朋友玛莎打电话，问她怎么办。订阅的杂志期满后，她也跑去问玛莎是否再继续订。有时她不知道晚饭该吃什么时，也给玛莎挂电话问她的意见。玛莎一直像个称职的母亲一样，直到有一天出了乱子。

那天，苏珊的一个儿子摔了一跤，衣袖给划了个口子，胳膊也划破了，需要缝针。苏珊又打电话问玛莎了。"亲爱的玛莎，亨利把胳膊摔了，而且还划破了一道口子，你说我该怎么办呢？"

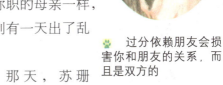

❀ 过分依赖朋友会损害你和朋友的关系，而且是双方的

❀ 世界上有许多人，他们自认为在对你负责。不要拒绝听他们的意见。但是要吸收正确的，并做你认为是正确的事情

由于非常疲倦，玛莎严厉地说道："天哪！看在上帝的份上，苏珊，你就不能自己想办法？就这一次！"说完就挂了电话。

对玛莎的拒绝，苏珊感到迷惑不解，她说："我还以为玛莎是我的好朋友呢。"

【点滴哲理】

过分地依赖会损害你和朋友的关系，而且是双方的。

朋友并非父母，他们没有指导和保护你的义务，他们能给你支持，但不可能包办代替，你必须清楚，他们只不过是朋友而已。

你自己不能做决定，缺乏主见，就会使你受到朋友正确或错误的意见的影响。

为此，你应该立刻决定，摆脱对朋友的依赖。

励志哲理故事

一句忠告

在我大约12岁时，有个女孩子是我的对头，她总爱挑我的缺点。日久天长，她把我的缺点数了一大串，什么我是皮包骨，我不是好学生，我是捣蛋姑娘，我讲话声音太大，我自高自大……我尽量克制着自己。最后，我再也忍不住了，含着眼泪和愤怒去找爸爸。

爸爸平静地听完我的申诉后，问道："她所讲的这些是否正确？"

"正确？但我想知道的是怎样回击！它同正确有什么关系？"

"玛丽亚，难道知道自己实际上是怎样的，不好吗？现在你已知道那个女孩子的意见，去把她所讲的都写出来，在正确的地方标上记号，其他的则不必理会。"

我遵照爸爸的话将那个女孩子的意见列了出来，并奇怪地发现，她所讲的有一半是正确的。有一些缺点我不能改变，例如，我很瘦，但是大多数我都能改，并愿意立即改掉它们。在我的生平中，我第一次对自己有一个公正清晰的认识。

🌸 父爱有时是严肃的，但父亲的话却是语重心长的

我把单子送给爸爸，他拒绝收下。爸爸说："留给你自己吧！你现在比任何人都了解自己。当你听到意见时，不要由于生气、伤心而听不进去。你会分辨出它在你的内心产生的反响。"

父亲是镇子上最有学识的人。他是当地最有名望的律师、法官及校务会的会长。当然，眼下我还很难完全接受爸爸的话。

"不管怎样，我认为在别人面前议论我是不对的。"我说。

"玛丽亚，只有一条路可以不再被人议论、不受别人批评，那就是什么也不说，什么也不做。当然，结果便是你一事无成。你是不愿成为这种人的，对吗？"

"那当然！"我承认道。从那时起，我就立下了雄心。

对于如何正确地听取意见，我还经过一个更惨痛的教训。那次我们要参加一个高年级演出，在一个节目里，我将担任主角，多令人兴奋啊！

在演出的前几天，我的朋友们商定要到附近的湖边去野炊，那天天气阴冷，妈妈想让我呆在家里免得着凉。我为此大发脾气。最后在我答应不下湖游泳后，妈妈才让步了。

当然，我仅遵守允诺的字眼而不是精神。当别人下水时，我也不甘落后，穿上游泳衣上了划艇。

当我最后划向岸边时，几个男同学开始摇晃我的船；我正准备靠岸，船翻了。为了不掉到水里，我一步迈上岸，不料却踩到了一个破瓶子，碎玻璃一直扎到脚跟的骨头上。

当别人向你提出建议时，不要盲目顺从，也不要全盘推翻

在那场演出中，我没有上场。我住院时，我的替角的演出获得了成功。

"但是我遵守了自己的允诺，并没有去游泳。"我对父亲说。

"玛丽亚，妈妈讲的话，你只听了一半。她让你答应的是要避免感冒，去游泳只是它的一部分，你只听了一半道理。结果，你自己受到惩罚。"

最后我辩解道："我所有的朋友都认为如果我呆在船里，就不会出事了。"

"但是他们都错了！"爸爸停了一会儿说，"你会发现世界上有许多人，他们自认为在对你负责。不要拒绝听他们的意见。但是要只吸收正确的，并做你认为是正确的事情。"

在许多关键的时候，我都想起父亲的教导。由于一个偶然的机会，我来到好莱坞闯入电影界。在电影城我试遍了每一家制片厂。岁月流逝，两年过去了，我还没有找到工作。有一位导演讨厌总碰到我。他说："你的鼻子太大、脖子太长，你这副模样永远不能演电影。相信我，我是内行！"我想：假如这是正确的，但我对此无能为力。对我的脖子和鼻子我毫无办法，只好不管它们而用加倍的努力来取得成功！我所需要的正确意见，最后来自一位善良、聪慧，名叫杰罗姆·克思的人。他对我说："你必须学会用你自己的方法去唱！"

起初，我很灰心，对他的话也不大在意；事后，我又想了一遍。觉得很对。它鼓舞着我，正像父亲常对我讲的那样。假如我一旦成功，这一定是我自己，而不是别人。

几个星期以后，好莱坞夜总会宣布候补演员演出节目。同以往一样，"候补玛丽"又登台了。但这次，我不是试图模仿他人，我是我自己。我不想施展魅力，只穿上一件普通的镶有黑边的白罩衫，并用我在得克萨斯学到的唱法放开喉咙歌唱。我成功了，并找到了工作。

【点滴哲理】

当别人向你提出建议时，不要盲目顺从，也不要全盘推翻，要不断地从这些"建议"中分析自己，相信自己就一定会成功！

励志哲理故事

坚持就是胜利

师傅教两个徒弟酿酒之法：

选端阳节正午颗粒饱满的米，与冰雪初融的高山流水的水珠调和，注入千年紫砂铸成的陶瓮，密封九九八十一天，直到鸡鸣三遍后方可启封。

🐾 甘甜的酒

两个徒弟找齐了所要材料，然后进行了漫长的等待。终于，第八十一天到了，两人夜不能寐。远远地传来第一声鸡鸣，过了很久，才依稀响起了第二声。第三声鸡鸣到底什么时候才会来呢？很难断定。

🌼 谁能等到鸡叫三声

其中一个徒弟再也忍不住了，他迫不及待地打开陶瓮，里面全是像醋一样酸、中药一般苦的水！他只能失望地把它洒在地上。而另外一个，虽然好奇心像一把野火在他心里燃烧，让他按捺不住想伸手，但他却还是咬着牙，坚持到了三遍鸡鸣后才启封。瓮里是多么甘甜清澈的酒啊，芳香醉人！只是多等了一遍鸡鸣，结果却大相径庭。

【点滴哲理】

有的时候，成功这与失败这之间的区别也就仅仅在于是否能够坚持到底，而且这个"底"，有时会是一年，有时只是几天，有时仅仅是"一遍鸡鸣"而已。

充分利用空闲时间

那时我大约只有14岁，年幼疏忽，对于卡尔·华尔德先生那天告诉我的一个真理未加注意，但后来回想起来真是至理名言，之后我就得到了不可限量的益处。

卡尔·华尔德是我的钢琴教师。有一天，他给我教课的时候，忽然问我：每天要练习多少时间钢琴?我说大约每天三四小时。

练钢琴成为你生活中的一部分

"你每次练习，时间都很长吗?是不是有个把钟头的时候?"

"我想这样才好。"

"不，不要这样!"他说，"你将来长大以后，每天不会有长时间的空闲的。你可以养成习惯，一有空闲就几分钟几分钟地练习。例如，在你上学以前，或在午饭以后，或在工作的休息余闲，5分、10分钟地去练习。把小的练习时间分散在一天里面，如此，弹钢琴就成了你日常生活中的一部分了。"

当我在哥伦比亚大学教书的时候，我想兼搞创作。可是上课、看卷子、开会等事情把我白天晚上的时间完全占满了。差不多有两年我不曾动笔写过一个字，借口是没有时间。后来才想起了卡尔·华尔德先生告诉我的话。

到了下一个星期，我就照他的话实验起来。只要有5分钟左右的空闲时间，我就坐下来写作一百字或短短的几行。

出乎意料之外，在那个星期结束的时候，我竟积有相当的稿子准备做修改。后来我用同样积少成多

哥伦比亚大学

的方法创作长篇小说。我的教授工作虽然一天比一天繁重，但是每天仍有许多可以利用的短短余闲。我同时还练习钢琴，发现每天小小的间歇时间，足够我从事

励志哲理故事

创作与弹琴。

利用短时间，其中有一个诀窍：你要把工作进行得迅速，如果只有5分钟的时间给你写作，你切不可把4分钟消磨在咬你的铅笔尾巴上。思想上事前要有所准备，到工作时间届临的时候，立刻把心神集中在工作上。

我承认我并不是故意想使5分钟、10分钟不要随便过去，但是人类的生命是可以从这些短短的间歇闲余中获得一些成就的。

积沙成堆，集腋成裘。如果我们把每一分钟都利用起来，世上还有什么办不成的事

【点滴哲理】

积沙成堆，集腋成裘。如果我们把每一分钟都利用起来，世上还有什么办不成的事。

如果能毫不拖延地将极短的时间加以充分利用，就能积少成多地供给你所需要的时间。

"好好先生"不吃亏

　　办公室里的是是非非几乎每天都在发生着。你可能是个很有正义感的人，忍不住要挺身而出"匡扶正义"；也可能你是个外向型的人，眼里看不过的事嘴上就要说出来，也可能你是个……

　　但不管你是什么样的人，奉劝一句，是非不要轻招惹，是非背后麻烦多。甲乙两位平日颇为要好的同事，最近竟然分别在你跟前数落对方的不是，然而两人表面上依然友好。所以，你生怕两面皆讲好话，会被认为是两头蛇。其实，除了这点，你更该小心，因为另一个可能性是，甲乙是否在对你试探点什么？

🍀 在公司上班，办公室关系要处理好

　　先讲前一种可能。有些人心胸狭窄，十分小气，又善妒，所以因为某些问题，令两人发生心病，是不足为奇的，但表面上又不愿意翻脸，故向较亲近者倾诉心中情，是自然不过之事。

　　你这个夹心人并不难做，同样冷淡地对待两人是妙法，对方发现没有人同情，必然满不是味儿，定会另找"有爱心之人"，那么你就自动"甩身"了。

　　若发现两人是另有用心，旨在试探你对他俩的喜恶程度，你就该步步为营了。既然对方的动机不良，你亦不必过于慈悲，不妨还以颜色。分别跟他们说，"对不起，我的看法对你们并不重要呀！"这一招，他们必然无功而退。

　　有人请你做公事上的"和事佬"，你其实有不少应留意的要点。

　　部门主管之间，有太多的微妙关系存在，大部分是亦敌亦友的。无论私交如何要好，在老板面前，既然是在竞争之下，他们却是有数不完的斗争。今天，某甲跟某乙像最佳拍挡在办公室成了"铁哥们"，但很有可能几天后，两人却反目变成仇人了。

　　所以，某些人可能为了某些目标，希望化干戈为玉帛，以方便日后做事，但亲自出面又太唐突，于是便找来"和事佬"，本来使人家化敌为友是一件好事，但做好事之余，请做些保护自己的工作，即是给自己的行动定一个界线。

　　例如，有人请你做"和事佬"，你不妨只做饭约的陪客，或作为某些聚会的发起人，但不宜将责任全往头上冠，反客为主。你最好是对双方的对与错，均不予置评，更不宜为某人去作解释，告诉他俩"解铃还需系铃人"，你的义务到此为止。

对上司不满，对公司不满，永远大有人在，遇上有同事来诉苦，大指某人有意刁难他，或公司某方面对他不公平，你应该做到既关心同事和利益，又置身事外。

例如，同事与某人有隙，指出对方凡事针对他，甚至误导他。

你或许会很有耐性地听他吐苦水，听他细说端详，但奉劝你只听，不问。尤其是切莫掺和事件的前因后果，因为你一旦成了知情者，就被认定为当然的"判官"了，这就大为不妙。

你只须平心静气地开导他，"我看某人的心地不差，凡事往好处想，做起事来你会更开心的。"

要是对公司不满，你的立场就比较复杂，站在公司立场是你应该的，但站在同事那边，就有害无益。可是，人家来找你，保持缄默实在不礼貌。不妨告诉他："公司的制度在不断改进，这次你觉得不公平，或许是新政策的过渡期，你不妨跟上司谈一下，但犯不着坚持己见。"轻轻带过才是上策。

一位向来忠心得很、已服务公司多年的同事，突然被辞，惹得众说纷纭，不少同事还千方百计去细问当事人，想要找出真相。

其实，知道了真相，对你有好处吗?肯定没有，坏处倒有一大堆。例如，你或许会无端卷入人事漩涡，晓得行政层的秘密对你的工作态度多少有些影响。还有，你更有可能被列为"某类分子"。

所以，过去的即将过去，不必去追究了；除非这同事向来与你颇投契，自动向你诉衷情，但你亦只宜做个聆听者，万万不要做"播音筒"。

你应该做的是送上诚意的祝福，赠对方一件纪念品，当做纪念你俩的情谊吧!又或者，请对方大吃一顿饭，当做钱别。

至于其他同事的行动，大可不

掌握好交往的尺度和方式方法，做个"好好先生"，一切烦恼皆会消除

必理会，也不必加以批评，这叫做独善其身。

本来就非好管闲事之辈，却偏偏遇上一个爱诉苦的同事，叫你感到烦不胜烦。

老实说，你一万个不想过问，连听也不愿意，却怕产生不必要的误会，或者有后遗症，所以常常有进退两难之感，却苦于无法摆脱对方。

遇上这种"烦人"，既妨碍工作，又没有好处。所以，你必须想办法拒绝。

第一，你可以借口较忙，遇上对方独邀约午膳、下午茶等，一概以"忙得不能抽身"为理由推却。凡想诉苦之人，情绪冲动，你一拖再拖，他肯定没有耐性再等下去，这样，你不是可以溜之大吉了吗？

第二，是"装傻"。一个善解人意的人，永远会是一个好听众。但是如果你凡事听不明白，频频反问对方，又没有好主意，对方等于对牛弹琴，你以为他有什么感受呢？

又或者你显得心不在焉，漠不关心，牛头不对马嘴，对方也一定会无趣而退，另寻分担苦恼的人，于是，你无疑就脱离苦海了。

在公事应酬繁忙的圈子里，许多不妙的情况是无可避免的。例如，在一些商务午餐或晚宴上，许多时候就有以下情况发生：甲与乙有心病，见了面互不理睬，但两人与你皆有一定的交情，必然会上前跟你交谈，互道近况的。

在同一时间，两人分别朝你走来，怎样好呢？

比较理想的做法是，装作看不到两人，低下头去拿杯饮品，或整理衣衫，看谁先走到面前，就跟谁说"你好"。既然两人不和，乙若见到甲正跟你招呼，自然会却步不前，那就能够避免二人与你一起的情形出现了。

好了，当与甲寒暄完毕，说过"拜拜"之后，请尽速主动找乙，忘记刚才与甲有关的一切，只与乙尽情闲聊。

【点滴哲理】

人生之道，看似简单，其实不然。但只要你掌握好与各色人交往的尺度和方式方法，处处与人为善，做个"好好先生"，做人处事的烦恼便会"不攻自破"。

牧师讲的故事

有一个关于一位牧师的小故事：他在一个星期六的早晨，打算在很困难的条件下，准备他的唠叨的讲道。他的妻子出去买东西了。那天在下雨，他的小儿子吵闹不休，令人讨厌。最后，这位牧师在无奈中拾起一本旧杂志，一页一页地翻阅，直到翻

🐾 世界地图

到一幅色彩鲜艳的大图画——一幅世界地图。他就从那本杂志上撕下这一页，再把它撕成碎片，丢在地上，说道：

"小约翰，如果你能拼拢这些碎片，我就给你2角5分钱。"

牧师以为这件事会使约翰花费上午的大部分时间。但是没过10分钟，就有人敲他的房门。这是他的儿子。牧师惊愕地看到约翰如此之快地拼好了一幅世界地图。

"孩子，你怎样把这件事做得这样快？"牧师问道。

"啊，"小约翰说，"这很容易。在另一面有一个人的

🐾 如果你是正确的，你的世界就是正确的

照片。我就把这个人的照片拼到一起，然后把它翻过来。我想如果这个人是正确的，那么，这个世界也就是正确的。"

牧师微笑起来，给了他的儿子2角5分钱。"你也替我准备好了明天的讲道。"他说，"如果一个人是正确的，他的世界也就是正确的。"

【点滴哲理】

如果你想改变你的世界，首先就应改变你自己。如果你是正确的，你的世界也会是正确的。这就是积极的心理所面临的全部问题。当你抱着积极的心理态度时，你遇到的一些问题及烦恼在你面前便会烟消云散了。

专注有助于你的成功

1936年荣获诺贝尔生理学及医学奖的美国著名医师及药理学家勒韦是一个非常专注于目标的人。

勒韦1873年出生于德国法兰克福的一个犹太人家庭，从小喜欢艺术，绘画和音乐都有一定的水平。但他的父母是犹太人，对犹太人深受各种歧视和迫害心有余悸，不断

🌿 专注有助于你的成功

敦促儿子不要学习和从事那些涉及意识形态的行业，要他专攻一门科学技术。他的父母认为，学好数理化，可以走遍天下都不怕。

在父母的教育下，勒韦进入大学学习时，放弃了自己原来的爱好和专长，进入施特拉斯堡大学医学院学习。

🌿 勒韦从小喜欢艺术，绘画也有一定水平

勒韦是一位勤奋志坚的学生，他不怕从头学起，他相信专一必定会成功。他带着这一心态，很快进入了角色，他专心致志于医学课程的学习。心态是行动的推进器，他在医学院攻读时，被导师的学识和专心钻研精神所吸引。这位导师叫淄宁，是著名的内科医生。勒韦在这位教授的指导下，学业进

🌿 勒韦通过对青蛙迷走神经的试验，第一次证明了某些神经合成的化学物质可将刺激从一个神经细胞传至另一个细胞，又可将刺激从神经元传到应答器官

展很快，并深深体会到医学也大有施展才华的天地。勒韦从医学院毕业后，他先后在欧洲及美国一些大学从事医学专业研究，在药理学方面取得较大进展。由于他在学术上的成就，奥地利的格拉茨大学于1921年聘请他为药理教授，专门从事教学和研究。在那里他开始了神经学的研究，通过对青蛙迷走神经的试验，第一次证明了某些神经合成的化学物质可将刺激从一个神经细胞传至另一个细胞，又可将刺激从神经元传到应答器官。他把这种化学物质称为乙醚胆碱。1929年他又从动物组织分离出该物质。勒韦对化学传递的研究成果是一个前人未有的突破，在药理及医学上作出了重大贡献，因此，1936年他与戴尔获得了诺贝尔生理学及医学奖。

勒韦是犹太人，尽管他是杰出的教授和医学家，但也如其他犹太人一样，在德国遭受了纳粹的迫害，当局把他逮捕，并没收了他的全部财产，被取消了德国籍。后来，他逃脱了纳粹的监禁，辗转到了美国，并加入了美国籍，受聘于纽约大学医学院，开始了对糖尿病、肾上腺素的专门研究。勒韦对每一项新的科研，都能专注如一，不久，他这几个项目都获得新的突破，特别是设计出检测胰脏疾病的勒韦氏检验法，对人类医学又作出了重大贡献。

🟢 勒韦致力于糖尿病的研究

【点滴哲理】

　　成功取决于人的心理素质、人生态度和才能资质。当然，仅靠这个"本"还不够，必须兼具高远志向和实现目标的专心致志。特别是专注如一的精神，更有助于一个人的成功。

励志哲理故事

励志哲理故事

沙漠里的狮子

🐾 友好的狮子

一个人在山路上捡到一只幼小的狮子，便抱回家喂养。他对狮子无微不至，给它喂以精美的食物，给它梳毛，给它洗澡。狮子对他也亲密无间，扒他的肩膀，舔他的手脚，陪他散步，和他戏耍。狮子在他的怀中渐渐长大，长成一只威猛的雄狮，也温顺得如一条家狗。

有一天他忽发奇想：骑着狮子旅游。于是他骑上了狮子，踏上了旅程。一路上狮子很听话，平稳地驮着他。所到之处人们对他夹道喝彩，他更神气了。

🐾 恐怖的狮子

路上有人问他："狮子不会吃你吗？"他说："那怎么可能呢！"

路上有条狗问狮子："你怎么不吃他？"狮子说："那怎么可能呢！"

一天他们要穿过一片沙漠，路上遇到了风沙，水和食物都被卷了去。他在痛心之时也还去安慰狮子："朋友忍着点，等过了沙漠，我让你饱吃一顿。"并跳下来步行。一日过去了，狮子饿得围着他打转；两日过去了，狮子饿得舔他的手脚；三日过去了，狮子对他进行了轻轻地撕咬；四日过去了，狮子向他龇起了牙齿；第五日，饥饿的狮子向他瞪起了血红的眼睛，在他正要上前抚摸它时，狮子奋力一纵将他扑倒，瞬间把他撕成了碎片。至死他都不明白，狮子怎么会吃了他呢？

【点滴哲理】

世间的友谊，有些是建立在饱暖基础上的，吃饱穿暖了是亲密无间的朋友，生死存亡的时候便会露出凶残的本质。因而一点也不奇怪：被你视为亲密无间的朋友，有时却会给你致命的一击。

寒号鸟的故事

在古老的原始森林，阳光明媚，鸟儿欢快地歌唱，辛勤地劳动。其中有一只寒号鸟，有着一身漂亮的羽毛和嘹亮的歌喉，更是到处游荡卖弄自己的羽毛和嗓子。看到别人辛勤地劳动，反而嘲笑不已，好心的鸟儿提醒它说："寒号鸟，快垒个窝吧！不然冬天来了怎么过呢？"

寒号鸟轻蔑地说："冬天还早呢？着什么急呢！趁着今天这大好时光，快快乐乐地玩玩吧！"

🌴 美丽的寒号鸟

就这样，日复一日，冬天眨眼就到来了。鸟儿们晚上都在自己暖和的窝里安详地休息，而寒号鸟却在夜间的寒风里，冻得瑟瑟发抖，用美丽的歌喉悔恨过去，哀叫未来："抖落落，抖落落，寒风冻死我，明天就垒窝。"

第二天，太阳出来了，万物苏醒了。沐浴在阳光中，寒号鸟好不得意，完全忘记了昨天晚上的痛苦，又快乐地歌唱起来。

有的鸟儿劝它："快垒窝吧！不然晚上又要发抖了。"

寒号鸟嘲笑地说："不会享受的家伙。"

晚上又来临了，寒号鸟又重复着昨天晚上一样的故事。就这样重复了几个晚上，大雪突然降临，鸟儿们奇怪寒号鸟怎么不发出叫声了呢？太阳出来后，大家去寻找

🌿 鸟窝可以给鸟保暖

它，但是寒号鸟早已被冻死了。

【点滴哲理】

在人的一生中，今天是最重要的。寄希望于明天的人，是一事无成的人。只有那些懂得如何利用"今天"的人，才会在"今天"创造成功事业的奠基石，孕育明天的希望。人，只有抓住现在，才能有辉煌和灿烂的未来。

狐狸与鹦鹉

🌸 狐狸

有只狐狸惊慌失措、气喘吁吁地跑进一个村落，显得很狼狈。一只枝头上的鹦鹉看了，便问道："狐狸先生，您这是怎么了啊？"狐狸一脸惨淡地说："后……后面有一大群猎犬在追我！"

鹦鹉听了心急地大叫："哎呀！那你赶快到村口那位薛大婶家里躲一躲吧。她人最好，一定会收留你的。"狐狸一听："薛大婶？不行，前两天我偷了她鸡舍的鸡，她不会收留我的。"

鹦鹉想了想，又说："没关系，石樵夫的家也不远，你就躲到他家里吧。"

狐狸却说："石樵夫？也不行，几天前我趁他上山砍柴时，偷吃了他女儿养的金丝雀，他们一家正痛恨我呢！"

鹦鹉又说："那么，你去投靠好心的庄大夫吧，他一定不忍心看你被抓的。"狐狸尴尬地说："不行啊。上次我到他家里，把他存的肉片给吃得一干二净，还把他院子里种的郁金香给踩烂了！我没脸再回去找他。"

鹦鹉无奈地问："难道这个村里都没有你可以信赖的人了吗？"狐狸回答："没有，我平时常得罪他们啊！"

🌸 鹦鹉也帮不上狐狸的忙

鹦鹉摇摇头，说："唉，那么我也救不了你了。"最后，这只平日里耀武扬威的狐狸，就这么被猎犬给抓住了。

【点滴哲理】

没有人一生可以永远一帆风顺，没有人可以保证自己永远高枕无忧。就像故事中的狐狸，平日再风光，再得意，有一天也可能面临种种失败与危机，当你失败时，你有朋友可以扶你一把吗？你身旁的人是会热心地伸出援手，抑或冷漠地袖手旁观呢？

告别"自我失败"

有一个人以为自己得了癌症，便跑去看医生。

医生问他："你觉得哪里不舒服？"

他回答说："好像没有哪里不舒服。"

医生又问："你感觉身体哪里疼？"

他说："感觉不到疼。"

医生又问："你最近体重有没有减轻？"

他说："没有。"

告别自我失败

"那你为什么觉得自己得了癌症？"医生忍不住这么问他。

他说："书上说癌症的初期毫无症状，我正是如此啊！"

对于这种人，富兰克林·皮尔斯·亚当斯曾以失眠作比喻。他说："失眠者睡不着，因为他们担心会失眠，而他们之所以担心，正因为他们不睡觉！"

有这样一段老笑话。

美好的心情

"黑夜里，一个生意人驾车行驶在僻静的郊野，突然车胎瘪了，他想换一个新的，却发现没带千斤顶。幸好不远处有一间农舍还亮着灯，他便朝农舍走去。一边走，一边心里打鼓：屋里会不会没人？也许他根本就没有千斤顶。""就算有，这家伙也可能不肯借给我。"他越想越焦躁，越想越生气，最后，当农舍的门打开时，他劈头就给了农夫一拳，嘴里还吼叫着："收起你那该死的玩艺儿吧！"

这个故事博得我们会心一笑，因为它取笑了那种通常的"自我失败主义"思想。你大概也经常听到自己内心里的这类自怨自艾吧。

【点滴哲理】

消极情绪比任何别的力量都更能影响你的生活。你如果想生活得更加愉快，就应当找到保持良好思想情绪的方法。

只有一个缺点

德皇威廉二世设计了一艘军舰，他在设计书上写道"这是我积多年研究、经过长期思考和精细工作的结果"，并请国际上著名的造船家对此设计做出鉴定。

过了几周，造船家送回其设计稿并写了下述意见："陛下，您设计的这艘军舰将是一艘威力无比、坚固异常和十分美丽的军舰，称得起空前绝后。它能开出前所未有的高速度，它的武器装备

🐾 学以致用，所用才有价值

将是世上最强的，它的桅杆将是世界最高的，它的大炮射程也将是世上最远的。您设计的舰内设备，将使从舰长到见习水手的全部乘员都感到舒适无比。您这艘辉煌的战舰，看来只有一个缺点：那就是只要它一下水，就会立刻沉入海底，如同一只铅铸的鸭子一般。"

【点滴哲理】

即使一艘船有很多的优点和长处，如果不能在水中航行，就已经无任何优点可谈了。一个人也一样，有很高的文化，读了很多的书，虽然才高八斗，但不能把这些应用到实践中，那他也只能是一个庸才了。

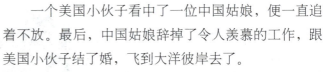

这是你的选择

励志哲理故事

一个美国小伙子看中了一位中国姑娘，便一直追着不放。最后，中国姑娘辞掉了令人羡慕的工作，跟美国小伙子结了婚，飞到大洋彼岸去了。

"我放弃了那么好的工作，远离父母跟你到美国来，这可是我为你做出的牺牲呀。"中国姑娘说。她以为这样说能把他感动的，没想到他只是说："不，不，我不认为这是什么牺牲，在我看来，这只是你的一种选择。"

她后来才认识到，美国人在人际交往中，只会尊重你的选择，而不会承认你的牺牲。

做什么事都必须符合自己的心愿才是尊重自己的选择

这就意味着：你做出的所有决定都必须符合你自己的心愿，符合自己的心愿才能成为自己的真正选择。这样与人打交道，才会拥有真正的平等，同时也才能赢得他人的尊重。那位美国小伙子是一位通晓六国语言的医生，在美国很容易赚钱的，他工作一个小时就有100美元的收入。但是她却跟国内的朋友说："我必须工作，必须学会自己赚钱。如果没有经济上的独立，就不可能做出真正符合自己心愿的选择，也就不可能赢得他长久的尊重。"

她做出了自己的选择。

一个人不可能让别人为你的选择负责

【点滴哲理】

不可能让别人为你的选择负责，而且一定要保持自己的权利和自由。

昂起头来真美

励志哲理故事

珍妮是个总爱低着头的小女孩，她一直觉得自己长得不够漂亮。有一天，她到饰物店去买了只绿色蝴蝶结，店主不断地赞美她戴上蝴蝶结漂亮，珍妮虽不信，但还是挺高兴，不由地昂起了头，急于让大家看看，出门与人撞了一下都没在意。

珍妮走进教室，迎面碰上了她的老师，"珍妮，你昂起头来真美！"老师爱抚地拍拍她的肩膀说。

🍀 自信就是一种美丽

🍀 昂起头来真美

那一天，她得到了许多人的赞美。她想一定是蝴蝶结的功劳，可往镜前一照，头上根本就没有蝴蝶结，一定是出饰物店时与人一碰弄丢了。

【点滴哲理】

自信原本就是一种美丽，而很多人却因为太在意外表而失去很多快乐。无论是贫穷还是富有，无论是貌若天仙，还是相貌平平，只要你昂起头来，快乐终会使你变得可爱——人人都喜欢的那种可爱。

冤家宜解不宜结

战国时代有个名叫中山的小国。有一次，中山的国君设宴款待国内的名士。当时正巧羊肉羹不够了，无法让在场的人全都喝到。有一个没有喝到羊肉羹的叫司马子期的人怀恨在心，到楚国劝楚王攻打中山国，楚国是个强国，攻打中山易如反掌，中山被攻破，国王逃到了国外，他逃走时发现有两个人手拿戈跟随他，便问："你们来干什么?"两个人回答："从前有一个人曾因获得您赠与一壶食物而免于饿死，我们就是他的儿子。臣的父亲临死前嘱咐，中山有任何事变，我们必须竭尽全力，甚至不惜以死报效国王。"

🐾 伤了自尊

中山国君听后，感叹地说："怨不期深浅，其于伤心。吾以一杯羊肉羹而失国矣。"即给予不在乎数量多少，而在于别人是否需要。施怨不在乎深浅，而在于是否伤了别人的心。他因为一杯羊肉羹而亡国，却由于一壶食物而得到两位勇士。

这段话道出了人际关系的微妙。有时候，本身并无存心伤人之意，可是却会因为一句无意的话伤害别人，所谓"言者无心，听者有意"。甚至可能为自己树立一个敌人。中山国王因一杯羊肉羹而失国的故事，对我们是一个深刻的教训。

🐾 一碗羊肉羹伤了别人的自尊

【点滴哲理】

一个人如果失去了少许金钱，尚不至于发此大怒。而一旦自尊心受到损害，就无法预测他的行为了。金钱上的损失犹可补偿，而心灵受到伤害，却非轻易就可弥补的。

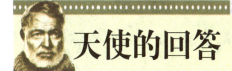

天使的回答

很久很久以前，在挪威某个小村庄有一个年轻人，他正当大好青春年华，却终日愁眉不展，觉得自己是世上最不幸福的人。他向上天祈求指点，好让他找到幸福。他的虔诚感动了上天，上天给他派来一位天使。天使把这位青年带到一个峡谷，告诉他这里就是幸福峡谷。"也是人间天堂"，天使说。

🐾 天使

当时是夏天，北欧国家一年中最美的季节。峡谷中丛林茂盛，野花盛开，归来的候鸟在无垠的晴空下飞翔，小溪唱着欢快的歌儿流下山去。青年的心豁然开朗，被峡谷的风景迷住了。他还没来得及表示感激，天使说道："每个人的一生中只能来两次，你要珍惜你的机会啊！"说完，天使就消失了。暮色降临时，青年恋恋不舍地离开峡谷。

从此青年的生活态度有很大改变，因为他知道幸福峡谷在哪里，知道在哪里能找到幸福的方向。他也一直牢记天使的告诫，不想轻易动用他最后的机会。他决心尽自己的最大努力去尝试解决问题，不到迫不得已的时候不到峡谷去。奇怪的是，在他的努力下，问题都迎刃而解。到了老年时，他已是一位著名的成功人士。在生命的最后时刻，他独自回到了幸福峡谷。

🐾 只是个普通的峡谷

他跪在峡谷中祈祷，感激上天对他的厚爱，赐予他无限的幸福。这时，天使出现在他的面前，告诉他幸福全靠自己的双手去创造，上天只会帮助有志者。他不大相信，说："可这里不是有魔力的幸福峡谷吗？"天使笑了，反问道："难道你真的以为这里同别处的峡谷有什么不同吗？"当时他愣住了，似乎是头一次认真观察眼前的峡谷，过了好长时间才恍然大悟。

【点滴哲理】

天下没有免费的晚餐，幸福要靠自己的双手去创造。

一只蜘蛛和三个人

励志哲理故事

雨后，一只蜘蛛艰难地向墙上已经支离破碎的网上爬去，由于墙壁潮湿，它爬到一定高度，就会掉下来，它一次次地向上爬，一次次地又掉下来……

第一个人看到了，他叹了一口气，自言自语："我的一生不正如这只蜘蛛吗？忙忙碌碌而无所得。"于是，他日渐消沉。

第二个人看到了，他说："这只蜘蛛真愚蠢，为什么不从旁边干的地方绕一下爬上去？我以后不能像它那样愚蠢。"于是，他变得聪明起来。

第三个人看到了，他立刻被蜘蛛屡败屡战的精神感动了。于是，他变得坚强起来。

同一件事情我们可能会有不同的看法，有成功心态的人处处都能发觉成功的动力

【点滴哲理】

同一事物对我们每个人来说，可能会有不同的看法，有成功心态的人处处都能发觉成功的动力。

从人生的墙上拔出"固执"的钉子

固执与盲从正好背道而驰，一意孤行，不理会别人的意见，不采纳别人见解的人绝不会轻易地取得成功。

人们常常固执地想得到一些东西，期望过一种认定了的生活，可是一旦持有这种固执的心态，就无法真正自由地生活。

这样说，也许有人会有些区分不清执著与固执的概念。执著是一个人在可能的范围内为自己定下奋斗的目标，不达到目标，誓不罢休的一种积极、进取的人生态度，这样的努力或许要经历漫长的过程，或许要经过许多挫折与磨难、动摇与徘徊，但是由于这个追求的目标并非是不可实现，并非是难于登天，所以只要坚持，也就可能胜利。我们小学就学过的李白见老妪用铁棒磨针的故事就是很好的例

🌸 不要固执地像个钉子

证。它教导我们做事只要看准了目标，下定决心，执著追求，就会达到成功。

但是固执的概念与执著却不能混淆，固执是一个人事业进步的大碍，没有全面地分析问题就擅自主观地按自己的想法去办事，那肯定是要失败的。聪明人的想法是不会像钉子一样被钉住，移动不得，而是具有弹性的，要从人生的墙上拔出"固执"的钉子。想想正

🌸 铁棒磨成针像

面，想想反面，主观和客观的东西都考虑到，这之后作出的决定才有可行性，成功的机率也才更大。

有一位老局长，一生正直不阿，做工作兢兢业业，一直干得得心应手，和处了几十年的老部下也相处融洽。不料后来单位调来一个年轻的处级干部，年轻英武，

做事果断，很有自己独到的见解，而且表达方式也用得很好，马上赢得了同事们的欣赏。

本来一潭平静的湖水犹如被投入一颗石子儿，又像久而久之的机械运转体制被注入了新的活力，应该说是工作会开展得更好，可是那位老局长却对这位年轻人产生了看法，他觉得他可以忍受青年处长的勃勃英气，毕竟他也想把工作干好；但是在一次工作会议上，老局长自己认为十拿九稳的工作计划却被青年处长加以修正，虽然青年处长的方式用得很客气，很礼貌，也不至于使老局长有失脸面，但他却固执己见，武断地驳斥了青年处长的建议。因为按他几十年的工作经验，老局长觉得自己完完全全是正确的，青年处长没有再和老局长争执，而是私下里在原则范围内展开了自己的工作，结果证明他的观点完全是正确的，而且工作效率比起老局长的看法、计划要好得多。人都是这样的，当你只是嘴巴说的时候，或许别人只是带着猜测的目光看你，而当你真正做出成绩时，那份功劳是抹煞不去的。正是这样，青年处长一点点赢得了人心，而老局长却一点一点地失去了长久以来的下级干部对他的信任和依赖，最终只得走到提前退休的路上。老局长真的老了吗?其实不是，只是他的固执之心太重，导致了他工作的失败。

由此看来，人必须放弃固执之心，看淡，看开，退一步海阔天空，这才是聪明人。

【点滴哲理】

固执是一个人事业进步的大碍。聪明人的想法是不会像钉子一样被钉住的。

一枚闪亮的硬币

石油大王约翰·洛克菲勒是美国19世纪的三大富翁之一。他一生至少赚了10亿美金，捐出的就有7.5亿。他虽然拥有亿万家产，但他平时花钱却十分节俭。

有一天，洛克菲勒陪朋友到一家熟识的餐厅去用餐，在那家餐厅附近，他遇见一个年轻的乞丐。那个乞丐手拉着小提琴，向行人乞讨。洛克菲勒一下子被那美妙的音乐吸引住了，他走过去聆听了一会儿；然后，他满意地点了点头说："年轻人，你很有音乐天赋，不应该靠乞讨度日。"

乞丐觉得眼前这个老人很面熟，好像经常在一些废弃的报纸上看到他。

乞丐惊奇的问："你是？"

洛克菲勒笑着说："洛克菲勒，一个靠搬运油桶谋生的老头。"顿时，乞丐有种受宠若惊的感觉。

接着，洛克菲勒从衣兜里掏出一张纸币递给那个乞丐，不小心一角硬币带了出来。那个硬币在地上划了一个圈后，滚落在乞丐身后的排水沟里。洛克菲勒连忙走过去，俯身将那个硬币捡起来，然后仔细地擦去上面的灰尘。

🌱 约翰·洛克菲勒

🌱 我们是怎样看待一角钱的

那个乞丐诧异地问："洛克菲勒先生，如果我像你那么有钱的话，根本不会在乎那一角钱的。"

洛克菲勒好像开玩笑地说："也许，这就是你至今仍在乞讨的原因吧。"

　　就在洛克菲勒转身离开时，那个乞丐疾步追了上去，嗫嚅道："洛克菲勒先生，我想用你给我的这张整票换那一枚硬币。"

　　洛克菲勒高兴地与他交换了，并且还拍了拍乞丐的肩膀。

　　几年后，洛克菲勒应邀去参加一个音乐演奏会。在演奏结束时，一位年轻的小提琴家急匆匆地赶到洛克菲勒面前，异常感激地说："洛克菲勒先生，你还记得那一枚硬币吗？"说着，他从贴胸的口袋里摸出一枚闪亮的硬币。

　　洛克菲勒也开心地放声大笑起来说："迄今为止，这是我知道的一枚最有价值的硬币！"

　　约翰·洛克菲勒是现代商业史上最富争议的人物之一

【点滴哲理】

　　对一个陷入困境的人进行施舍，只能使其得到一时的慰藉。然而更重要的是，我们应该使其意识到自己的自尊和价值——只有使他们充分相信自己，他们才有决心和勇气去摆脱面前的困境，迎来他们希望的春天。

励志哲理故事

心态

父亲欲对一对孪生兄弟做"性格改造"，因为其中一个过分乐观，而另一个则过分悲观。一天，他买了许多色泽鲜艳的新玩具给悲观的孩子，又把乐观的孩子送进了一间堆满马粪的车房里。第二天清晨，父亲看到悲观的孩子正泣不成声，便问："为什

🌑　悲观的孩子在可爱的玩具面前却不敢玩，因为他怕玩具被玩坏了

么不玩那些玩具呢？""玩了就会坏的。"孩子仍在哭泣。

父亲叹了口气，走进车房，却发现那乐观的孩子正兴高采烈地在马粪里掏着什么。"告诉你，爸爸。"那孩子得意洋洋地向父亲宣称，"我想马粪堆里一定还藏着一匹小马呢！"

🌑　乐观的孩子即使看到马粪也能找到乐趣，也能看到希望

【点滴哲理】

乐观者与悲观者之间，其差别是很有趣的：乐观者看到的是油炸圈饼，悲观者看到的却是一个窟窿。

励志哲理故事

（警句）133条做人法则

1.人之所以痛苦，在于追求错误的东西。

2.与其说是别人让你痛苦，不如说自己的修养不够。

3.如果你不给自己烦恼，别人也永远不可能给你烦恼。因为你自己的内心，你放不下。

4.好好的管教你自己，不要管别人。

5.不宽恕众生，不原谅众生，是苦了你自己。

6.别说别人可怜，自己更可怜，自己修行又如何？自己又懂得人生多少？

7.福报不够的人，就会常常听到是非；福报够的人，从来就没听到过是非。

8.你永远要感谢给你逆境的众生。

9.你永远要宽恕众生，不论他有多坏，甚至他伤害过你，你一定要放下，才能得到真正的快乐。

10.这个世界本来就是痛苦的，没有例外的。

11.当你快乐时你要想这快乐不是永恒的；当你痛苦时你要想这痛苦也不是永恒的。

12.认识自己，降伏自己，改变自己，才能改变别人。

13.不要浪费你的生命，在你一定会后悔的地方上。

14.你什么时候放下，什么时候就没有烦恼。

15.每一种创伤都是一种成熟。

16.当你知道迷惑时并不可怜；当你不知道迷惑时才是最可怜的。

17.狂妄的人有救，自卑的人没有救。

18. 你不要一直不满人家，你应该一直检讨自己才对。不满人家，是苦了你自己。

19. 你要包容那些意见跟你不同的人，这样日子比较好过。你要是一直想改变他，那样你会很痛苦。要学学怎样忍受他才是。同时你还要学学怎样包容他才是。

20. 承认自己的伟大，就是认同自己的愚妄。

21. 一个人如果不能从内心去原谅别人，那他就永远不会心安理得。

22. 心中装满着自己的看法与想法的人，永远听不见别人的心声。

23. 毁灭人只要一句话，培植一个人却要千句话，请你多口下留情。

24. 当你劝告别人时，若不顾及别人的自尊心，那么再好的言语都没有用的。

25. 不要在你的智慧中夹杂着傲慢。不要使你的谦虚心缺乏智慧。

26. 根本不必回头去看咒骂你的人是谁？如果有一条疯狗咬你一口，难道你也要趴下去反咬他一口吗？

27. 忌妒别人，不会给自己增加任何的好处。忌妒别人，也不可能减少别人的成就。

28. 永远不要浪费你的一分一秒，去想任何你不喜欢的人。

29. 多少人要离开这个世间时，都会说出同一句话，这世界真是无奈与凄凉啊！

30. 恋爱不是慈善事业，不能随便施舍的。感情是没有公式，没有原则，没有道理可循的。可是人们至死都还在执著与追求。

31. 请你用慈悲心和温和的态度，把你的不满与委屈说出来，别人就容易接受。

32. 创造机会的人是勇者；等待机会的人是愚者。

33. 能说不能做，不是真智慧。

34. 多用心去倾听别人怎么说，不要急着表达你自己的看法。

35. 同样的瓶子，你为什么要装毒药呢？同样的心理，你为什么要充满着烦恼呢？

36. 得不到的东西，我们会一直以为他是美好的，那是因为你对他了解太少，没有时间与他相处在一起。当有一天，你深入了解后，你会发现原不是你想象中的那么美好。

37. 这个世间只有圆滑，没有圆满的。

38. 活着一天，就是有福气，就该珍惜。当我哭泣我没有鞋子穿的时候，我发现有人却没有脚。

39. 多一分心力去注意别人，就少一分心力反省自己，你懂吗？

40. 欲知世上刀兵劫，但听屠门夜半声。不要光埋怨自己多病，灾祸横生，多看看横死在你刀下的众生又有多少？

41. 憎恨别人对自己是一种很大的损失。

42. 每一个人都拥有生命，但并非每个人都懂得生命，乃至于珍惜生命。不了解生命的人，生命对他来说，是一种惩罚。

43. 自以为拥有财富的人，其实是被财富所拥有。

44. 情执是苦恼的原因，放下情执，你才能得到自在。

45. 随缘不是得过且过，因循苟且，而是尽人事听天命。

46. 不要太肯定自己的看法，这样子比较少后悔。

47. 当你对自己诚实的时候，世界上没有人能够欺骗得了你。

48. 用伤害别人的手段来掩饰自己缺点的人是可耻的。

49. 内心充满忌妒，心中不坦白，言语不正的人，不能算是一位五官端正的人。

50. 多讲点笑话，以幽默的态度处事，这样日子会好过一点。

51. 活在别人的掌声中，是禁不起考验的人。

52. 不要刻意去猜测他人的想法，如果你没有智慧与经验的正确判断，通常都会有错误的。

53. 要了解一个人，只需要看他的出发点与目的地是否相同，就

励志哲理故事

可以知道他是否是真心的。

54. 人生的真理只是藏在平淡无味之中。

55. 不洗澡的人，硬擦香水是不会香的。名声与尊贵，是来自于真才实学的。有德自然香。

56. 与其去排斥它已成的事实，不如去接受它。

57. 逆境是成长必经的过程，能勇于接受逆境的人，生命就会日渐茁壮。

58. 你要感谢告诉你缺点的人。

59. 能为别人设想的人永远不寂寞。

60. 如果你能像看别人缺点一样，如此准确地发现自己的缺点，那么你的生命将会不平凡。

61. 原谅别人，就是给自己心中留下空间，以便回旋。

62. 时间总会过去的，让时间带走你的烦恼吧！

63. 你硬要把单纯的事情看得很严重，那样子你会很痛苦。

64. 永远扭曲别人善意的人，无药可救。

65. 人不是坏的，只是习气罢了，每个人都有习气，只是深浅不同罢了。只要他有向善的心，能原谅的就原谅他，不要把他看做是坏人。

66. 说一句谎话，要编造十句谎话来弥补，何苦呢？

67. 其实爱美的人，只是与自己谈恋爱罢了。

68. 世界上没有一个永远不被毁谤的人，也没有一个永远被赞叹的人。当你话多的时候，别人要批评你；当你话少的时候，别人要批评你；当你沉默的时候，别人还是要批评你。在这个世界上，没有一个人是不被批评的。

69. 夸奖我们，赞叹我们的，这都不是名师。会讲我们，指示我们的，这才是良师，有了他们，我们才会进步。

70. 你目前所拥有的都将随着你的死亡而成为他人的，那为何不现在就乐施给真正需要的人呢？

71. 白白地过一天，无所事事，就像犯了盗窃罪一样。

励志哲理故事

72.沈默是毁谤最好的答复。

73.对人恭敬就是在庄严你自己。

74.拥有一颗无私的爱心便拥有了一切。

75.仇恨永远不能化解仇恨，只有宽容才能化解仇恨，这是永恒的至理。

76.你接受比抱怨还要好，对于不可改变的事实，你除了接受以外，没有更好的办法了。

77.不要因为众生的愚疑而带来了自己的烦恼；不要因为众生的无知而痛苦了你自己。

78.别人讲我们不好，不用生气、难过。说我们好也不用高兴，这不好中有好，好中有坏，就看你会不会用？

79.当你的错误显露时，可不要发脾气，别以为任性或吵闹可以隐藏或克服你的缺点。

80.不要常常觉得自己很不幸，世界上比我们痛苦的人还要多。

81.愚痴的人，一直想要别人了解他；有智慧的人，却努力地了解自己。

82.来是偶然的，走是必然的。所以你必须，随缘不变，不变随缘。

83.只有面对现实，你才能超越现实。

84.良心是每一个人最公正的审判官，你骗得了别人，却永远骗不了你自己的良心。

85.不懂得自爱的人，是没有能力去爱别人的。

86.做事就是在学做人而已。

87.有时候我们要冷静地问问自己，我们在追求什么？我们活着为了什么？

88.不要因为小小的争执，远离了你至亲的好友，也不要因为小小的怨恨，忘记了别人的大恩。

89.勇于接受别人的批评，正好可以改正自己的缺点。

90.感谢上天我所拥有的，感谢上天我所没有的。

91. 说话不要有攻击性，不要有杀伤力，不夸己能，不扬人恶，自然能化敌为友。

92. 一个常常看别人缺点的人，自己本身就不够好，因为他没有时间检讨他自己。

93. 是非天天有，不听自然无，是非天天有，不听还是有，是非天天有，看你怎么办？

94. 如果你真的爱他，那么你必须容忍他部分的缺点。

95. 要克服对死亡的恐惧，你必须要接受世上所有的人都会死去的观念。

96. 虽然你讨厌一个人，但却又能发觉他的优点好处，像这样子有修养的人，天下真是太少了。

97. 诚实的面对你内心的矛盾和污点，不要欺骗你自己。

98. 因果不曾亏欠过我们什么，所以请不要抱怨。

99. 我们确实有如是的优点，但也要隐藏几分，这个叫做涵养。

100. 大多数的人一辈子只做了三件事：自欺、欺人、被人欺。

101. 太过于欣赏自己的人，不会去欣赏别人的优点。

102. 心是最大的骗子，别人能骗你一时，而它却会骗你一辈子。

103. 当你手中抓住一件东西不放时，你只能拥有这件东西，如果你肯放手，你就有机会选择别的。人的心若死执自己的观念，不肯放下，那么他的智慧也只能达到某种程度而已。

104. 人家怕你，并不是一种福，人家欺你，并不是一种辱。

105. 不是某人使我烦恼，而是我拿某人的言行来烦恼自己。

106. 不要刻意去曲解别人的善意，你应当往好的地方想。

107. 世上的事，不如己意者，那是当然的。

108. 我的财富并不是因为我拥有很多，而是我要求的很少。

109. 吃了就一定要拉，人一定要学会随缘放下，否则就会便秘。

110. 常以为别人在注意你，或希望别人注意你的人，会生活的比较烦恼。

111. 我能为你煮东西，但我不能为你吃东西。各人吃饭是各人饱，各人生死是个人了。

112. 看轻别人很容易，要摆平自己却很困难。

113. 你只管活你自己的，不必去介意别人的扭曲与是非。

114. 如果你准备结婚的话，告诉你一句非常重要的哲学名言，你一定要忍耐包容对方的缺点，世界上没有绝对幸福圆满的婚姻，幸福只是来自于无限的容忍与互相尊重。

115. 如果你能够平平安安地度过一天，那就是一种福气了。多少人在今天已经见不到明天的太阳，多少人在今天已经成了残废，多少人在今天已经失去了自由，多少人在今天已经家破人亡。

116. 是非和得失，要到最后的结果，才能评定。

117. 你不必和因果争吵，因果从来就不会误人。你也不必和命运争吵，命运它是最公平的审判官。

118. 你有你的生命观，我有我的生命观，我不干涉你。只要我能，我就感化你。如果不能，那我就认命。

119. 你希望掌握永恒，那你必须控制现在。

120. 恶口永远不要出自于我们的口中，不管他有多坏，有多恶。你愈骂他，你的心就被污染了，你要想，他就是你的善知识。

121. 当你明天开始生活的时候，有人跟你争执，你就让他赢，这个赢跟输，都只是文字的观念罢了。当你让对方赢，你并没有损失什么。所谓的赢，他有赢到什么？得到什么？所谓的输，你又输到什么？失去什么？

122. 我们大部分的生命都浪费在文字语言的捉摸上。

123. 你不要常常觉得自己很委屈，你应该要想，他对我这样已经很好了，这就是修行的功夫。

124. 别人可以违背因果，别人可以害我们，打我们，毁谤我们。可是我们不能因此而憎恨别人，为什么？我们一定要保有一个完整的本性和一颗清净的心。

125. 与任何人接触时，要常常问自己，我有什么对他有用？使他得益。如果我不能以个人的道德、学问和修持的力量，来使人受益，就等于欠了一份债。

126. 如果一个人没有苦难的感受，就不容易对他人给予同情。你要学救苦救难的精神，就得先受苦受难。

127. 一般人在遇到对方的权势大，财富大，气力大，在无可奈何的情形之下而忍，这算什么忍耐呢？真正的忍是，就算他欺负了你，对不住你，但他什么都不及你，你有足够的力量对付他，而你却能容忍他，认为他的本性和我一样，只是一时糊涂，或在恶劣的环境中受到熏染罢了，你不必与他计较，能在这样的情况及心境之下容忍那才是真正的忍耐。

128. 如果我们放眼从人生历劫去看，那么一切的众生，谁不曾做过我的父母、兄弟姊妹、亲戚眷属？谁不曾做过我的仇敌冤家？如果说有恩，个个与我有恩；如果说有冤，个个与我有冤。这样子我们还有什么恩怨亲疏之别呢？再就智慧愚笨来说，人人有聪明的时候，也有愚痴的时候，聪明的人可能变愚痴，愚痴的人也可能变聪明。最坏的人，也曾做过许多好事，而且不会永远坏；好人也曾做过许多坏事，将来也不一定会好。如此我们反复思索，所谓的冤亲、贤愚，这许多差别的概念，自然就会渐渐淡了。这绝对不是混沌，也不是不知好坏，而是要将我们有始以来的偏私差别之见，以一视同仁的平等观念罢了！

129. 世界原本就不是属于你，因此你用不着抛弃，要抛弃的是一切的执著。万物皆为我所用，但非我所属。

130. 宁可自己去原谅别人，莫让别人来原谅你。

131. 当你用烦恼心来面对事物时，你会觉得一切都是业障，世界也会变得丑陋可恨。

132. 欲为诸佛龙象，先做众生马牛。

133. 既然我们不能改变周遭的世界，我们就只好改变自己，用爱心和智慧来面对这一切。

误会

可爱的狗

狗

早年在美国阿拉斯加，有一个年轻人结婚，婚后生育，他的太太因难产而死，遗下一个孩子。他忙于生活，又忙于看家，没有人帮忙看孩子。因而他训练了一只狗，那狗聪明听话，能照顾孩子，咬着奶瓶喂奶给孩子喝，抚养孩子。有一天，主人出门去了，叫狗照顾孩子。他到了别的乡村，因遇大雪，当日不能回来。第二天才赶回家，狗立刻出来迎接主人。他把房门打开一看，到处是血，抬头一望，床上也是血，孩子不见了，狗在身边，满口也是血。主人发现这种情形，以为狗性发作，把孩子吃掉，大怒之下，拿起刀来向着狗头一劈，把狗杀死了。

之后，突然听到孩子的声音，又见他从床下爬了出来，于是抱起孩子，虽然身上有血，但并未受伤。他很奇怪，不知究竟是怎么一回事，再看看狗身，腿上的肉没有了，旁边

狗是孩子的朋友

可恶的狼

有一只狼，口里还咬着狗的肉。原来，狗救了小主人，却被主人误杀。这真是可悲的误会。

【点滴哲理】

误会往往在人不了解、不理智、无耐心、缺少思考、未能多方体谅对方和反省自己、感情极度冲动的情况下所发生。误会一开始，即一直只想到对方的千错万错，因此，会使误会越陷越深，弄到不可收拾的地步。人对小动物——狗所发生的误会，尚且有如此可怕的后果，人与人之间的误会，后果更是难以想象！

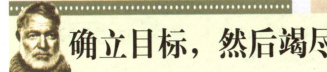

确立目标，然后竭尽全力

好多年前，有人正要将一块木板钉在树上当搁板，贾金斯走过去管闲事，说要帮他一把。贾金斯说："你应该先把木板头子锯掉再钉上去。"于是，他找来锯子之后，还没有锯到两三下又撒手了，说要把锯子磨快些。

于是他又去找锉刀。接着又发现必须先在锉刀上安一个顺手的手柄。于是，他又去灌木丛中寻找小树，可砍树又得先磨快斧头。

无论做什么，你都要竭尽全力

磨快斧头需将磨石固定好，这又免不了要制作支撑磨石的木条。制作木条少不了木匠用的长凳，可这没有一套齐全的工具是不行的。于是，贾金斯到村里去找他所需要的工具，然而这一走，就再也不见他回来了。

贾金斯无论学什么都是半途而废。他曾经废寝忘食地攻读法语，但要真正掌握法语，必须首先对古法语有透彻的了解，而没有对拉丁语的全面掌握和理解，要想学好古法语是绝不可能的。

做事不明确，一个搁板都做不成

贾金斯进而发现，掌握拉丁语的唯一途径是学习梵文，因此便一头扑进梵文的学习之中，可这就更加旷日废时了。

贾金斯从未获得过什么学位，他所受过的教育也始终没有用武之地。但他的先辈为他留下了一些本钱。他拿出10万美元投资办了一家煤气厂，可造煤气所需的煤炭价钱昂贵，这使他大为亏本。于是，他以9万美元的售价把煤气厂转让出去，开办起煤矿来。

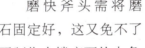

▼《大悲咒》梵文、罗马拼音、汉文音译对照

namo ratna - trayāya	nama āryā - valokite - śvarāya	
南無 喝囉怛那 哆囉夜耶	南無 阿唎耶 婆盧羯帝 爍缽囉耶	
bodhi-sattvāya	mahā-sattvāya	mahā-kāruṇikāya
菩提 薩埵婆耶	摩訶 薩埵婆耶	摩訶 迦盧尼迦耶
oṃ sarva - raviye	sudhanadasya	namas-kṛtvā
唵 薩皤 囉罰曳	數怛那怛寫	南無悉 吉栗埵
imaṃ āryā - valokite - śvara raṃdhava		
伊蒙 阿唎耶 婆盧吉帝 室佛囉 楞馱婆		
namo narakindi hrīḥ mahā - vat - svāme		
南無 那囉謹墀 醯利 摩訶 皤哆 沙咩		
sarva - arthato - śubhaṃ ajeyaṃ sarva sat nama vaṣaṭ		
薩婆 阿他豆 輸朋 阿逝孕 薩婆 薩哆 那摩 婆薩哆		
namo vāka mavitato tadyathā oṃ avaloki lokate		
南無 婆伽 摩罰特豆 怛姪他 唵 阿婆盧醯 盧迦帝		
krate e hrīḥ mahā - bodhisattva sarva sarva		
迦羅帝 夷 醯唎 摩訶 菩提薩埵 薩婆 薩婆		

本来是要学法语，最后却钻入了梵文的学习中

可这又不走运，因为采矿机械的耗资大得吓人。因此贾金斯把在矿里拥有的股份变卖成8万美元，转入了煤矿机器制造业。从那以后，他便像一个内行的滑冰者，在有关的各种工业部门中滑进滑出，没完没了。

他恋爱过好几次，虽然每一次都毫无结果。他对一位姑娘一见钟情，十分坦率地向她表露了心迹。为使自己匹配得上她，他开始在精神品德方面陶冶自己。他去一所星期日学校上了一个半月的课，但不久便自动逃遁了。两年后，当他认为问心无愧、无妨启齿求婚之日，那位姑娘早已嫁给了一个愚蠢的家伙。

做事要明确目标，不然什么都做不成

不久他又如痴如醉地爱上了一位迷人的、5个妹妹的姑娘。可是，当他上姑娘家时，却喜欢上了二妹。不久又迷上了更小的妹妹。到最后一个也没谈成功。

贾金斯的情形每况愈下，越来越穷。他卖掉了最后一项营生的最后一份股份后，便用这笔钱买了一份逐年支取的终生年金，可是这样一来，支取的金额将会逐年减少，因此他要是活的时间长了，早晚得挨饿。

【点滴哲理】

狄慈根指出："如果一个人不把他的全部心思用在某一件事情上，他就不可能有什么大的成就。"那些对奋斗目标用心不专、左右摇摆的人，对琐碎的工作总是寻找遁辞，懈怠逃避，他们注定是要失败的。如果我们把所从事的工作当做不可回避的事情来看待，我们就会带着轻松愉快的心情，迅速地将它完成。《圣经》上说："无论你做什么，你都要竭尽全力！"

谦逊的贝罗尼

19世纪的法国名画家贝罗尼，有一次到瑞士去度假，但是他每天仍然背着画架到各地去写生。

有一天，他在日内瓦湖边正用心画画，旁边来了三位英国女游客，看了他的画，便在一旁比手画脚地批评起来，一个说这儿不好，一个说那儿不对，贝罗尼都一一修改过来，末了还跟她们说了声"谢谢！"

对于自己不在行的事情，不要随便议论

第二天，贝罗尼有事到另一个地方去，在车站看到昨天那三位妇女，正交头接耳不知在讨论些什么。过了一会儿，那三个英国妇女看到他了，便朝他走过来，问他："先生，我们听说大画家贝罗尼正在这儿度假，所以特地来拜访他。请问你知不知道他现在在什么地方？"

贝罗尼朝她们微微弯腰，回答说："不敢当，我就是贝罗尼。"

三位英国妇女大吃一惊，想起昨天的不礼貌，一个个红着脸跑掉了。

谦虚才能精益求精

【点滴哲理】

才识、学问愈高的人，在态度上反而愈谦卑，希望自己能精益求精，更上一层楼；也正因为如此，他们往往具有容人的风度和接受批评的雅量。反之，我们对于自己并不在行的事情，就不要随便发表议论，听在专家耳里，不是越发显出你的肤浅吗？

克服思想的障碍

　　从前，有一户人家的菜园摆着一块大石头，宽度大约有40公分，高度有10公分。到菜园的人，不小心就会踢到那一块大石头，不是跌倒就是擦伤。

　　儿子问："爸爸，那块讨厌的石头，为什么不把它挖走？"爸爸这么回答："你说那块石头喔？从你爷爷时代，就一直放到现在了，它的体积那么大，不知道要挖到什么时候，没事无聊挖石头，不如走路小心一点，还可以训练你的反应能力。"

　　过了几年，这块大石头留到下一代，当时的儿子娶了媳妇，当了爸爸。

　　有一天媳妇气愤地说："爸爸，菜园那块大

🐾 当你的心态发生了变化，你会发现有些事情并没有你想象的那么难，正如那块石头一样

石头，我越看越不顺眼，改天请人搬走好了。"爸爸回答说："算了吧！那块大石头很重的，可以搬走的话在我小时候就搬走了，哪会让它留到现在啊？"

　　媳妇心里很不是滋味，那块大石头不知道让她跌倒多少次了。一天早上，她将整桶水倒在大石头的四周并用锄头松土。结果她用了十几分钟就把石头旁边的土弄松了。媳妇的家人都被石头看似巨大的外表蒙蔽了。

❀ 有些事情不是它本身难，而是我们把它想难了，没敢去做

【点滴哲理】

　　当你抱着下坡的想法去爬山的时候，肯定不会爬到山上去。如果你的世界沉闷而无望，那是因为你自己沉闷无望。改变你的世界，必先改变你自己的心态。

居安思危

魏绛，即魏庄子，春秋时晋国卿，为晋国做出过重要贡献。与晋国相邻的北方少数名族，时常与晋国发生战争，边患不断。晋悼公四年（公元前569年），魏绛向晋悼公提出一项重大主张，即和戎。过去从没有想过和戎，而只是讨伐，所以国君很难理解和戎的积极意义。当时悼公说戎狄无亲而谈，不如讨伐他算了。魏绛知道后，恳切地向他陈述了和戎的好处。经过魏绛详细地解释和戎的益处，终于说服了晋悼公，同意与戎讲和。魏绛从国家大局出发，冲破传统观念的束缚，积极主张和戎，开创了我国历史上汉族争取团结少数民族的先例。

魏绛

有一次，宋、齐、晋、卫等十二国联合围攻郑国。弱小的郑国连忙向晋国求和，因为晋国是其中最强大的国家。晋国表示同意讲和，其余十一国不想得罪晋国，纷纷决定退兵，也就停止了进攻。

郑国为了表示谢意，赠送给晋国许多兵车、乐器、乐师和歌女以及贵重的珠宝。晋悼公十分高兴，于是将送来的礼物分出一半赠给他的功臣魏绛。但魏绛婉言谢绝了，并且劝谏晋悼公说："现在您能团结和统率许多国家，这是您的功德，也是大臣齐心协力的结果，我并没有什么功劳，怎能无功受禄呢？晋国虽然现在很强大，但是我们绝对不能因此而大意，因为人在安全的时候，一定要想到未来可能会发生的危险，这样才能事先做好准备，以避免失败和灾祸的发生。"晋悼公听完魏绛的话之后，知道他时时刻刻都牵挂着国家与百姓的安危，从此对他更加敬重。

【点滴哲理】

一个人的一生不可能总是一帆风顺的，当你身处顺境时，要保持清醒，切勿被眼前的功名利禄迷住双眼，而应当多想想未来。人无远虑必有近忧！

忠诚

励志哲理故事

家里养了一只狼狗，脖子上系两条铁链。

一日朋友来，狼狗呼啸跳跃，凶猛地扑上扑下，但铁链牢牢地把它拴在它应在的那个范围内。

于是，它用尖细、锋利的牙齿回头猛咬系着它的铁链，"咯咯"的声音异常刺耳。

朋友依然进了屋，铁链依然安然无恙。但我却潜然泪下，我看见鲜红的血从狼狗

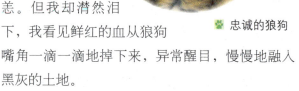

❀ 忠诚的狼狗

嘴角一滴一滴地掉下来，异常醒目，慢慢地融入黑灰的土地。

我知道了，什么叫做忠诚。

❀ 有一种朋友早已将自己的生命与别人联系在一起

【点滴哲理】

我们不能忽略一种朋友，他们为了尽忠于自己的职责不惜做出牺牲；我们不得不敬佩一种朋友，他们为了献出诚挚的友情，总是在用心地与朋友沟通；我们不能不挂念一种朋友，他们为了奉献，早已把自己的生命与他人联系在了一起。

选择

🌿 银币有两面要看到它的正面

杰瑞是个不同寻常的人。他的心情总是很好，而且对事物总是有正面的看法。

当有人问他近况如何时，他回答："我快乐无比。"

他是个饭店经理，也是个独特的经理。因为他换过几个饭店，而且有几个饭店侍应生都跟着他跳槽。他天生就是个鼓舞者。

如果哪个雇员心情不好，杰瑞就会告诉他怎么去看事物的正面。

这样的生活态度实在让我好奇，终于有一天我对杰瑞说，这很难办到！一个人不可能总是看事情的光明面。"你是怎么做到的?"我问道。

杰瑞答道："每天早上我一醒来就对自己说，杰瑞，你今天有两种选择，你可以选择心情愉快，也可以选择心情不好。我选择心情愉快。"

"每次有坏事发生时，我可以选择成为一个受害者，也可以选择从中学些东西。我选择从中学习。"

"每次有人跑到我面前诉苦或抱怨，我可以选择接受他们的抱怨，也可以选择指出事物的正面?我选择后者。"

"是!对!可是没有那么容易吧。"我立刻声明。"就是有那么容易。"杰瑞答道。

没有多久，我就离开了饭店去开创自己的事业。我们失去了联系，但我却经常想到他，尤其是当我对生活进行了选择而不是反抗时。

几年后，我听说杰瑞遇到了一件不幸的事:有一天早上，他忘记了关后门，被三个持枪的强盗拦住了。强盗因为紧张而受了惊吓，对他开了枪。

幸运的是，杰瑞被发现较早，被送进了急诊室。经过18个小时的抢救，和随后几个星期的精心照料，杰瑞出院了。只是仍有小部分弹片留在他的体内。

事情发生后6个月，我见到了杰瑞。我问他近况如何，他答道:"我快乐无

励志哲理故事

比。想不想看看我的伤疤?"

　　我趋身去看了他的伤疤,又问他当强盗来时,他想些什么?

　　"第一件在我脑海中浮现的事是,我应该关后门。"杰瑞答道,"当我躺在地上时,我对自己说有两个选择:一个是死,一个是活。我选择了活。"

　　"你不害怕吗?你没有失去知觉?"我问道。

　　杰瑞继续说:"医护人员都很好。他们不断告诉我,我会好的。但当他们把我推进急诊室后,我看到他们脸上的表情,从他们的眼中,我读到了'他是个死人'。我知道我需要采取一些行动了。"

　　"你采取了什么行动?"我赶紧问。

　　有个身强力壮的护士大声问我问题。她问我有没有对什么东西过敏。我马上答:"有的。"这时,所有的医生、护士都停下来等着我说下去。我深深地吸了一口气,然后大声吼道:"子弹!"在一片大笑声中,我又说道:"我选择活下来,请把我当活人来医,而不是死人。"

🍀坚强地活着

　　杰瑞活了下来,一方面要感谢医术高明的医生,另一方面要感谢他那惊人的生存毅力。

　　从他那里,我学到了生活充满了选择,而生活的态度就是一切。

【点滴哲理】

　　人生就是选择。当你把无聊的东西都剔除后,每一种处境就是面临的一个选择。你将选择如何去面对各种处境。你选择别人的态度如何影响你的情绪。你选择心情舒畅还是糟糕透顶。归根结底,你将选择如何面对人生。